σχολείο - baba		2
ταξίδι - baba		5
μεταφορά - dadadada		8
πόλη - dadaba	AF188206	10
τοπίο - dada		14
εστιατόριο - nom nom!		17
σούπερ μάρκετ - dada nom nom		20
ποτά - dadababa		22
φαγητό - nom nom!		23
αγρόκτημα - dadaba		27
σπίτι - dadaba		31
σαλόνι - dadadada		33
κουζίνα - bababa		35
μπάνιο - bababa		38
παιδικό δωμάτιο - meina		42
ρούχα - baba		44
γραφείο - baba		49
οικονομία - badada		51
επαγγέλματα - ba		53
εργαλεία - dada		56
μουσικά όργανα - bababa		57
ζωολογικός κήπος - bababa		59
αθλήματα - ba		62
δραστηριότητες - dadadada		63
οικογένεια - dadababa		67
σώμα - dadababa		68
νοσοκομείο - aua!		72
έκτακτη ανάγκη - aua!		76
Γη - dada		77
ρολόι - dada		79
εβδομάδα - babadada		80
έτος - dadaba		81
σχήματα - dadababa		83
χρώματα - dadababa		84
αντίθετα - dadadada		85
αριθμοί - dadaba		88
γλώσσες - dadadada		90
ποιος / τι / πως - da / da / da		91
που - babababa		92

Impressum
Verlag: BABADADA GmbH, Nedderfeld 112 , 22529 Hamburg
Geschäftsführer / Verlagsleitung: Harald Hof
Druck: Books on Demand GmbH, In de Tarpen 42, 22848 Norderstedt

Imprint
Publisher: BABADADA GmbH, Nedderfeld 112 , 22529 Hamburg, Germany
Managing Director / Publishing direction: Harald Hof
Print: Books on Demand GmbH, In de Tarpen 42, 22848 Norderstedt

1

σχολείο

baba

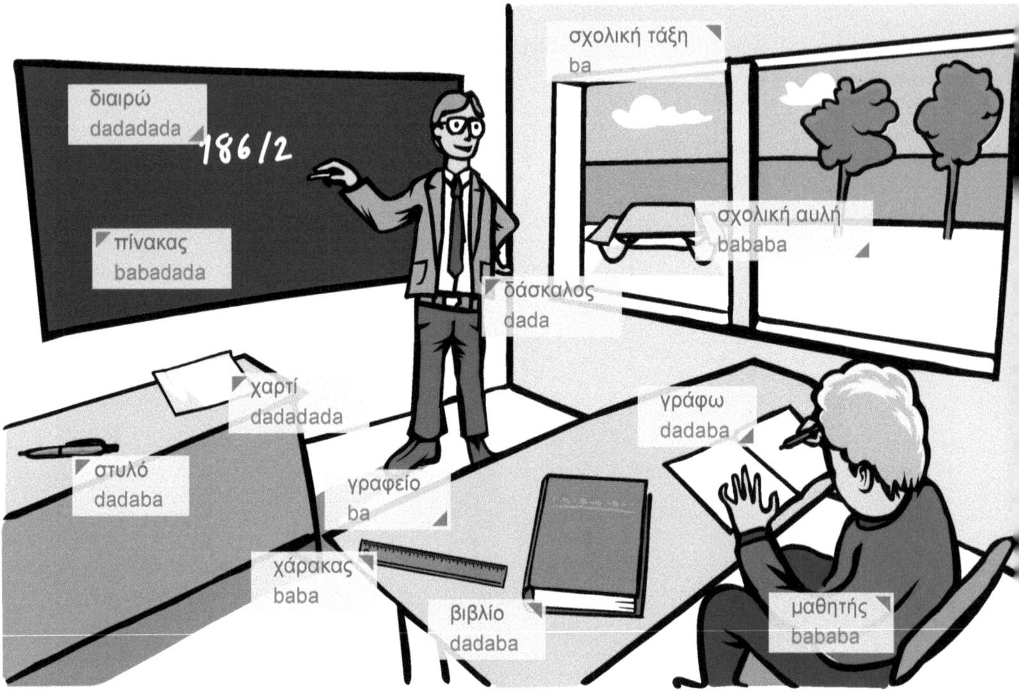

σχολική τάξη
ba
διαιρώ
dadadada
186/2
πίνακας
babadada
σχολική αυλή
bababa
δάσκαλος
dada
χαρτί
dadadada
γράφω
dadaba
στυλό
dadaba
γραφείο
ba
χάρακας
baba
βιβλίο
dadaba
μαθητής
bababa

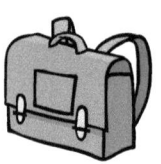

σχολική τσάντα

dadaba

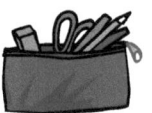

κασετίνα/ μολυβοθήκη

dada

μολύβι

bababa

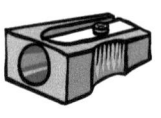

ξύστρα

dadaba

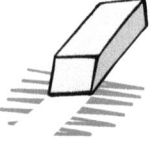

γόμα

baba

μπλοκ ζωγραφικής

ba

ζωγραφική
bababa

πινέλο
ba

κουτί χρωμάτων
dada

ψαλίδι
babadada

κόλλα
dadaba

τετράδιο ασκήσεων
dadadada

εργασία για το σπίτι
babadada

αριθμός
bababa

προσθέτω
dadaba

αφαιρώ
bababa

πολλαπλασιάζω
badada

υπολογίζω
dadababa

γράμμα
babababa

αλφάβητο
babababa

λέξη
dada

κείμενο
babadada

διαβάζω
dadadada

κιμωλία
dada

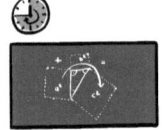

μάθημα
bababab

εγγράφομαι
ba

τεστ
baba

πιστοποιητικό
bababab

μαθητική στολή
babadada

εκπαίδευση
bababab

εγκυκλοπαίδεια
dadababa

πανεπιστήμιο
babababa

μικροσκόπιο
dadababa

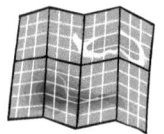

χάρτης
bababa

καλάθι αχρήστων
babadada

ταξίδι

baba

ξενοδοχείο
babadada
Grand
ξενώνας
dadaba
ROOMS
EXCHANGE
ανταλλακτήρια συναλλάγματος
dadadada
βαλίτσα
dada
αυτοκίνητο
ado

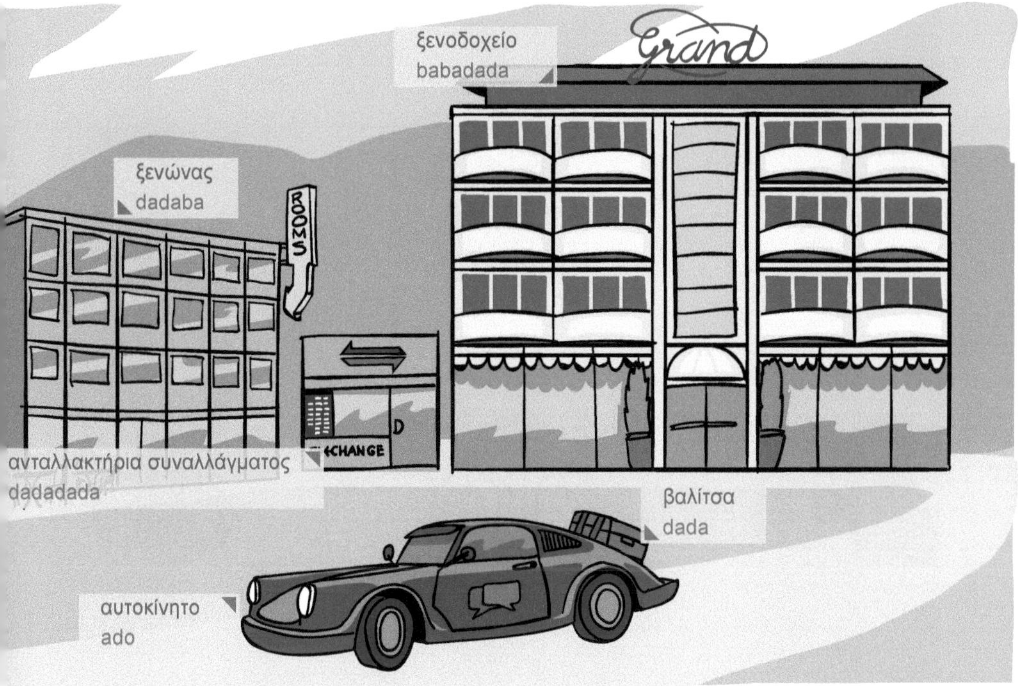

γλώσσα

dadadada

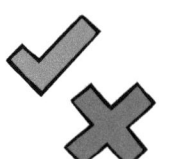

ναι / όχι

da / meh

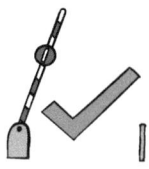

εντάξει

Oh

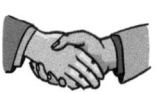

γεια σου

ba

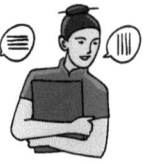

μεταφραστής

dada

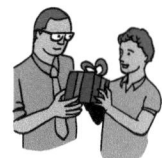

Ευχαριστώ

dada

πόσο κάνει ;

babababa

Δε καταλαβαίνω

ah

πρόβλημα

dadaba

Καλησπέρα!

ba dada

Καλημέρα!

babadada

Καληνύχτα!

heia!

Αντίο

dadaba

κατεύθυνση

badada

αποσκευές

dada

τσάντα

babababa

σακίδιο πλάτης

babababa

καλεσμένος

baba

δωμάτιο

dadadada

υπνόσακος

dadadada

σκηνή

dada

τουριστικές πληροφορίες
dadadada

παραλία
badada

πιστωτική κάρτα
babadada

πρωινό
dadababa

μεσημεριανό
baba

δείπνο
bababa

εισιτήριο
dada

ανελκυστήρας
dada

γραμματόσημο
babadada

σύνορα
badada

τελωνείο
dadaba

πρεσβεία
babadada

βίζα
dadaba

διαβατήριο
dada da da da

μεταφορά
dadadada

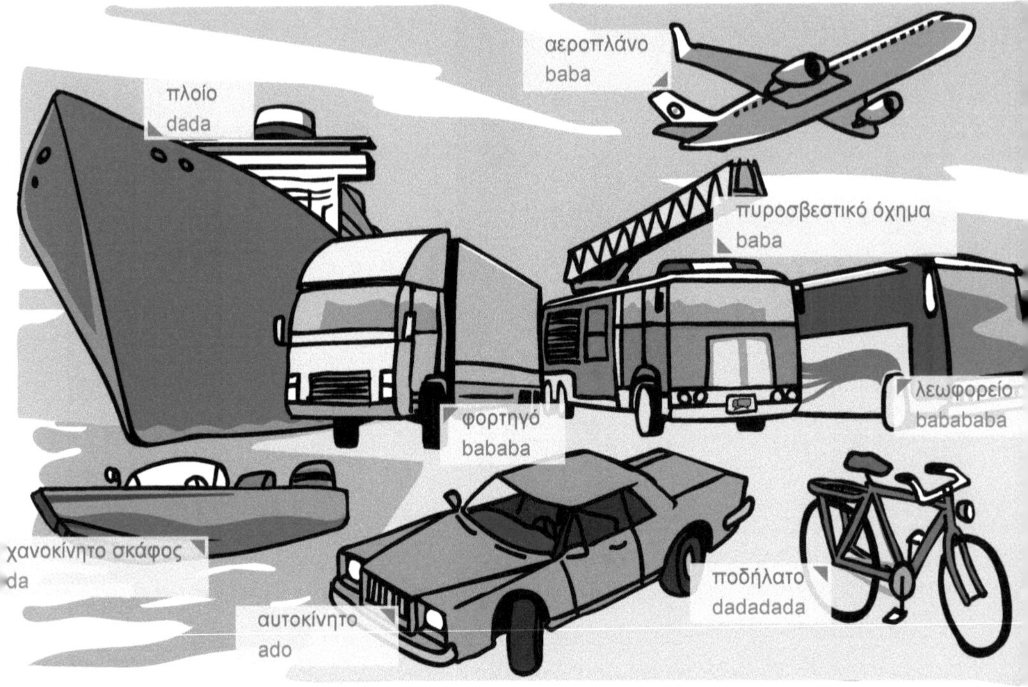
αεροπλάνο
baba
πλοίο
dada
πυροσβεστικό όχημα
baba
λεωφορείο
babababa
φορτηγό
bababa
χανοκίνητο σκάφος
da
ποδήλατο
dadadada
αυτοκίνητο
ado

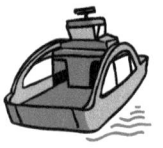

φεριμπότ

babadada

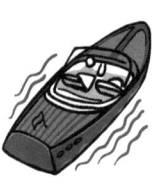

βάρκα

baba

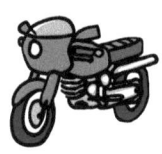

μοτοσικλέτα

bababa

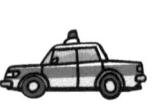

περιπολικό

ado

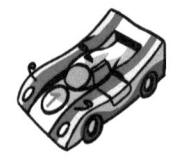

αγωνιστικό αυτοκίνητο

ado

ενοικιαζόμενο αυτοκίνητο

auto

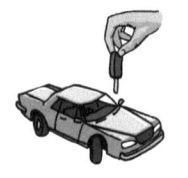

ιαμοιρασμός αυτοκινήτων	γερανός	απορριμματοφόρο
dada	ado	ado

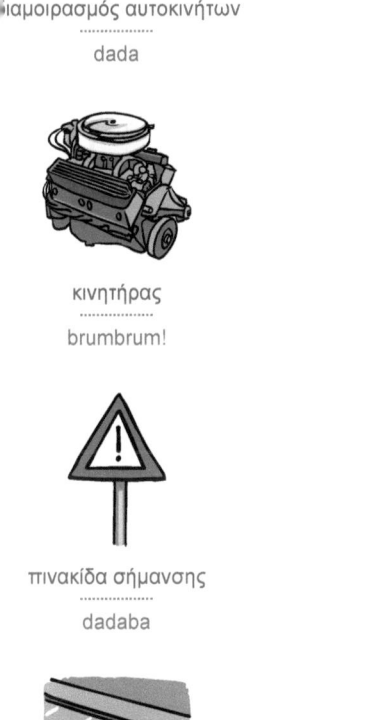

κινητήρας

brumbrum!

καύσιμο

bababa

βενζινάδικο

dada

πινακίδα σήμανσης

dadaba

κυκλοφορία

badada

κυκλοφοριακή συμφόρηση

ado ado

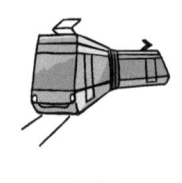

χώρος στάθμευσης

babadada

σιδηροδρομικός σταθμός

babababa

σιδηροδρομικές γραμμές

dada

τρένο

dadaba

τραμ

baba

βαγόνι

dadaba

ελικόπτερο
baba

αεροδρόμιο
baba

πύργος
dadaba

επιβάτης
baba

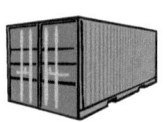

εμπορευματοκιβώτιο
badada

χαρτοκιβώτιο
dada

καρότσι
baba

καλάθι
dadadada

απογειώνομαι /
προσγειόνομαι
da / bada

πόλη
dadaba

χωριό
bababa

κέντρο της πόλης
dadababa

σπίτι
dadaba

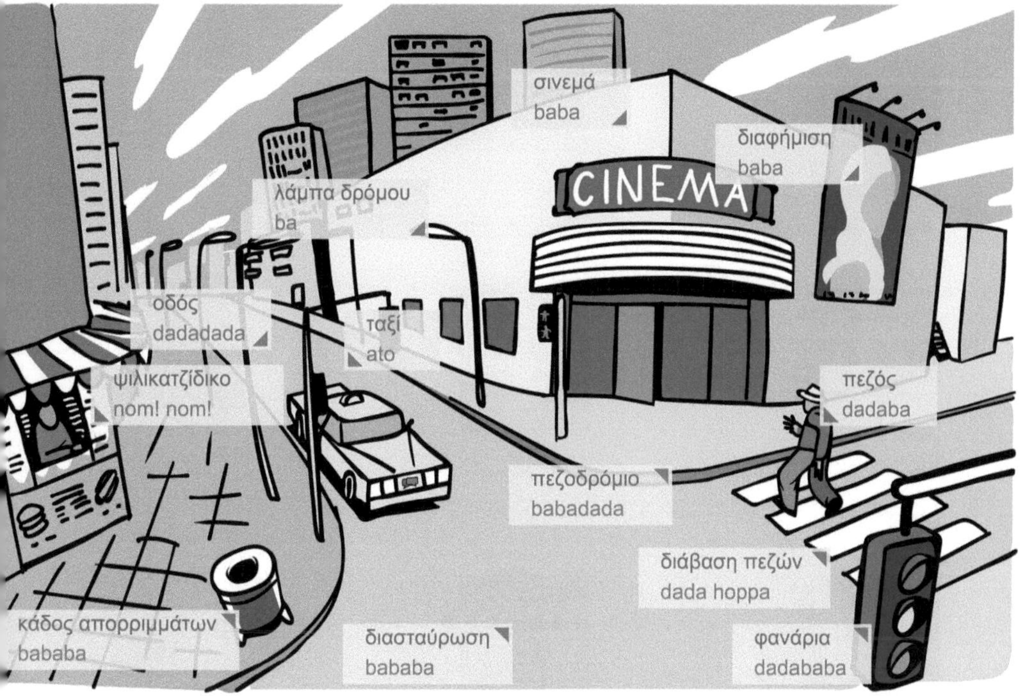

σινεμά
baba
διαφήμιση
baba
CINEMA
λάμπα δρόμου
ba
οδός
dadadada
ταξί
ato
ψιλικατζίδικο
nom! nom!
πεζός
dadaba
πεζοδρόμιο
babadada
διάβαση πεζών
dada hoppa
κάδος απορριμμάτων
bababa
διασταύρωση
bababa
φανάρια
dadababa

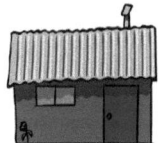

καλύβα

babadada

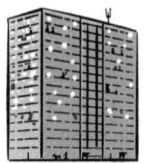

διαμέρισμα

dadadada

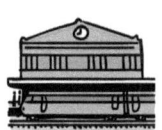

σιδηροδρομικός σταθμός

babababa

δημαρχείο

dadaba

MUSEUM

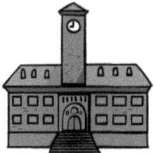

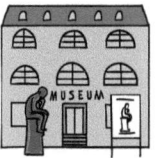

μουσείο

bababa

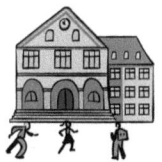

σχολείο

baba

πανεπιστήμιο
babababa

τράπεζα
dadadada

νοσοκομείο
aua!

ξενοδοχείο
babadada

φαρμακείο
aua!

γραφείο
baba

βιβλιοπωλείο
bababa

κατάστημα
ba

ανθοπωλείο
dadaba

σούπερ μάρκετ
dada nom nom

αγορά
dadadada

πολυκατάστημα
dadadada

ιχθυοπωλείο
nom! nom!

εμπορικό κέντρο
baba

λιμάνι
ba

πάρκο
dadadada

παγκάκι
baba

γέφυρα
bababab

σκάλες
dadadada

μετρό
bababa

τούνελ
baba

στάση λεωφορείου
ba

μπαρ
babababa

εστιατόριο
nom nom!

γραμματοκιβώτιο
dadaba

πινακίδα δρόμου
dada

παρκόμετρο
baba

ζωολογικός κήπος
bababa

πισίνα
dada

τζαμί
baba

αγρόκτημα
dadaba

ρύπανση
dadababa

νεκροταφείο
bababa

εκκλησία
ba

παιδική χαρά
dadababa

ναός
bababa

τοπίο
dada

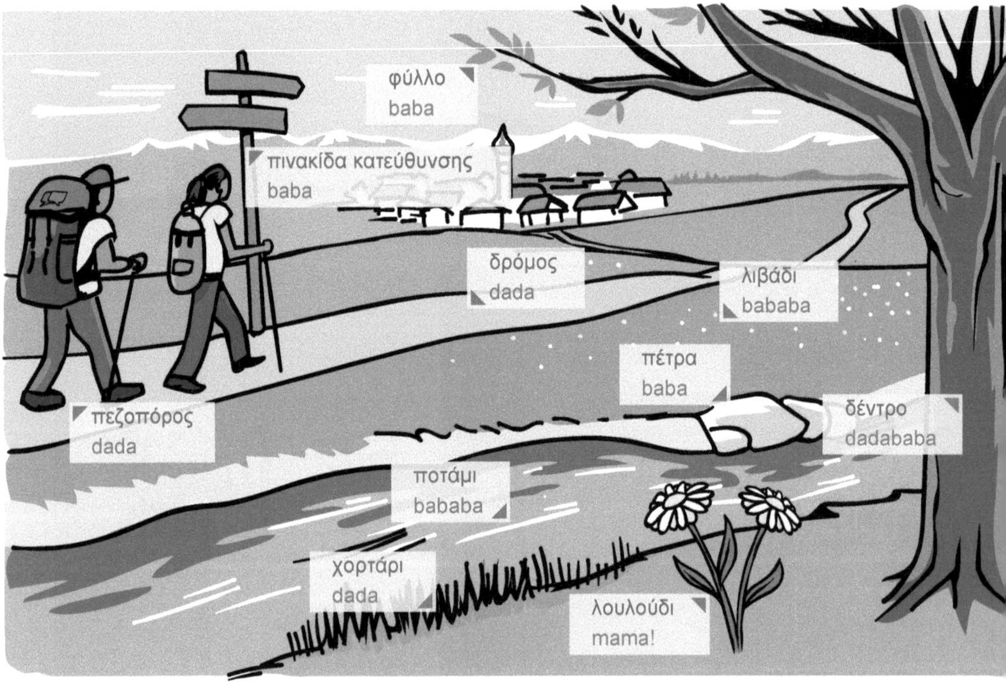

φύλλο
baba

πινακίδα κατεύθυνσης
baba

δρόμος
dada

λιβάδι
bababa

πέτρα
baba

δέντρο
dadababa

πεζοπόρος
dada

ποτάμι
bababa

χορτάρι
dada

λουλούδι
mama!

κοιλάδα
badada

λόφος
bababa

λίμνη
dadadada

δάσος
dadadada

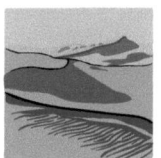

έρημος
dadababa

ηφαίστειο
dadaba

κάστρο
babababa

ουράνιο τόξο
dadaba

μανιτάρι
bababa

φοίνικας
dadababa

κουνούπι
aua!

μύγα
badada

μυρμήγκι
dadababa

μέλισσα
summ summ

αράχνη
dada

τοπίο - dada

σκαθάρι
dadaba

βάτραχος
quak

σκίουρος
dadababa

σκαντζόχοιρος
dadaba

λαγός
baba

κουκουβάγια
gackgack

πουλί
gackgack

κύκνος
gackgack

αγριογούρουνο
babadada

ελάφι
dadadada

άλκη
dadadada

φράγμα
dadadada

ανεμογεννήτρια
ba

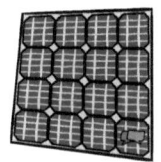

ηλιακός συλλέκτης
dadadada

κλίμα
bababa

σερβιτόρος
dadadada

κατάλογος
baba

καρέκλα
dadaba

σούπα
nom! nom!

πίτσα
nom nom!

μαχαιροπίρουνα
ba

τραπεζομάντιλο
babababa

ορεκτικό
nom! nom!

κύριο πιάτο
nom! nom!

επιδόρπιο
nom nom!

ποτά
dadababa

φαγητό
nom nom!

μπουκάλι
nom nom!

φαστ φουντ

nom! nom!

φαγητό στ' όρθιο

nom! nom!

τσαγιέρα

babababa

δοχείο ζάχαρης

nom! nom!

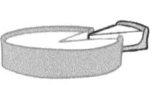

μερίδα

nom nom!

μηχανή εσπρέσο

dadaba

ψηλή καρέκλα

bababa

λογαριασμός

ba

δίσκος

bababa

μαχαίρι

ba

πιρούνι

babadada

κουτάλι

dadaba

κουταλάκι του τσαγιού

bababa

πετσέτα φαγητού

dadaba

ποτήρι

ba

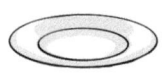

πιάτο
nom nom!

πιάτο σούπας
bababa

πιατάκι φλιτζανιού
bababa

σάλτσα
nom! nom!

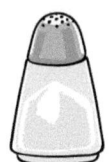

αλατιέρα
dadadada

μύλος για πιπέρι
dadaba

ξύδι
bähbäh

λάδι
dadababa

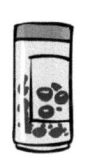

μπαχαρικά
dadababa

κέτσαπ
nom! nom!

μουστάρδα
nom! nom!

μαγιονέζα
nom nom!

σούπερ μάρκετ
dada nom nom

προσφορά
dadababa
FOR
πελάτης
dadaba
γαλακτοκομικά προϊόντα
dadaba
φρούτα
nom nom!
καρότσι για ψώνια
baba

BUTCHERS

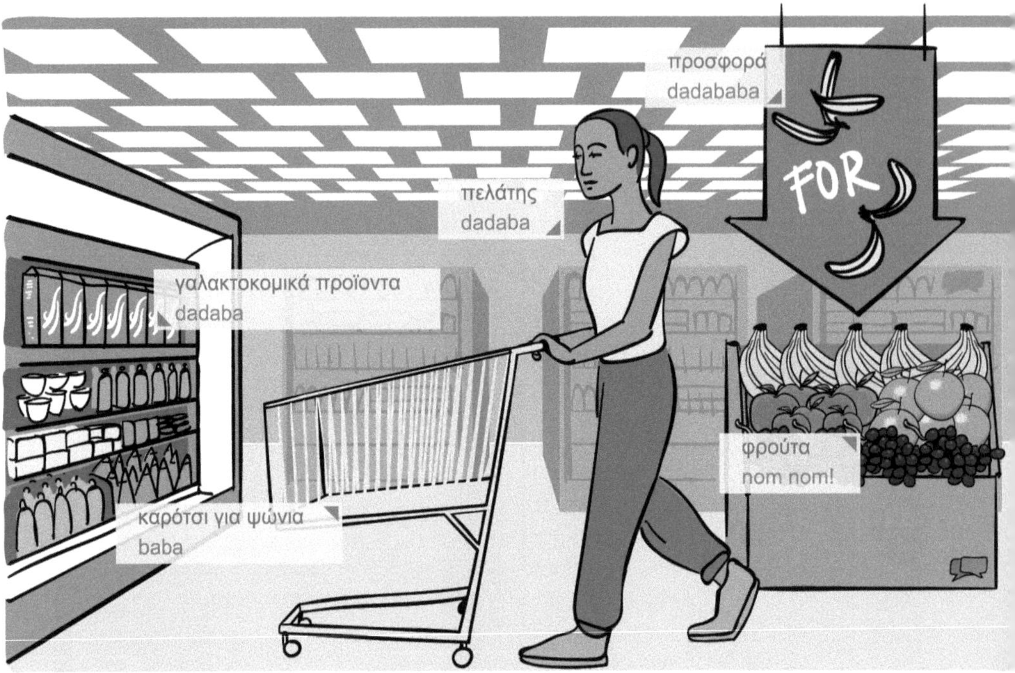

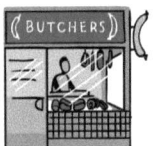

κρεοπωλείο
dadaba

BAKERY

φούρνος
nom! nom!

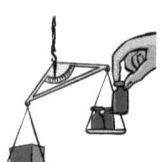

ζυγίζω
bababa

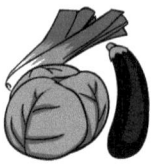

λαχανικά
bähbäh

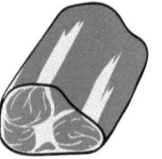

κρέας
nom nom!

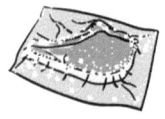

κατεψυγμένα τρόφιμα
nomnom

αλλαντικά
nom nom!

κονσερβοποιημένη τροφή
nomnom

απορρυπαντικό ρούχων
bababa

γλυκά
baba

οικιακά είδη
dadaba

καθαριστικά προϊόντα
dadababa

πωλήτρια
bababa

ταμείο
bababa

ταμίας
dadaba

λίστα για ψώνια
dada

ωράριο λειτουργίας
dadababa

πορτοφόλι
baba

πιστωτική κάρτα
babadada

τσάντα
dadababa

πλαστική σακούλα
dadababa

νερό

wasa

χυμός

dadadada

γάλα

badada

κόκα κόλα

ba

κρασί

bababa

μπίρα

dadadada

αλκοόλ

dadaba

κακάο

bababa

τσάι

dadababa

καφές

dada

εσπρέσο

dadaba

καπουτσίνο

dadababa

μπανάνα
nane

μήλο
nom nom!

πορτοκάλι
bababa

πεπόνι
nom nom!

λεμόνι
nom nom!

καρότο
bähbäh

σκόρδο
bada meh

μπαμπού
dadaba

κρεμμύδι
dadaba

μανιτάρι
nom nom!

ξηροί καρποί
nom nom!

νουντλς
nom nom!

μακαρόνια
....
nom nom!

ρύζι
....
nom nom!

σαλάτα
....
nom nom!

πατατάκια
....
nom nom!

τηγανητές πατάτες
....
nom nom!

πίτσα
....
nom nom!

χάμπουργκερ
....
nom nom!

σάντουιτς
....
nom nom!

κοτολέτα
....
nom nom!

ζαμπόν
....
nom nom!

σαλάμι
....
nom nom!

λουκάνικο
....
nom nom!

κοτόπουλο
....
gack gack

ψητό
....
nom nom!

ψάρι
....
nom nom!

φαγητό - nom nom!

χυλός βρώμης
nom nom!

μούσλι
bähbäh

κορν φλέικς
nom nom!

αλεύρι
nom nom!

κρουασάν
nom nom!

ψωμάκι
babadada

ψωμί
nom! nom!

τοστ
nom nom!

μπισκότα
nom nom!

βούτυρο
nom nom!

τυρόπηγμα
nom nom!

κέικ
nom nom

αυγό
dadaba

τηγανητό αυγό
nom nom!

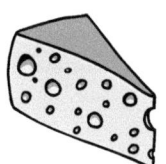

τυρί
bada muh

παγωτό

nom nom!

ζάχαρη

nom nom!

μέλι

baba summ

μαρμελάδα

nom nom!

άλλειμμα σοκολάτας

nom nom!

κάρυ

babadada

αγρόκτημα
dadaba

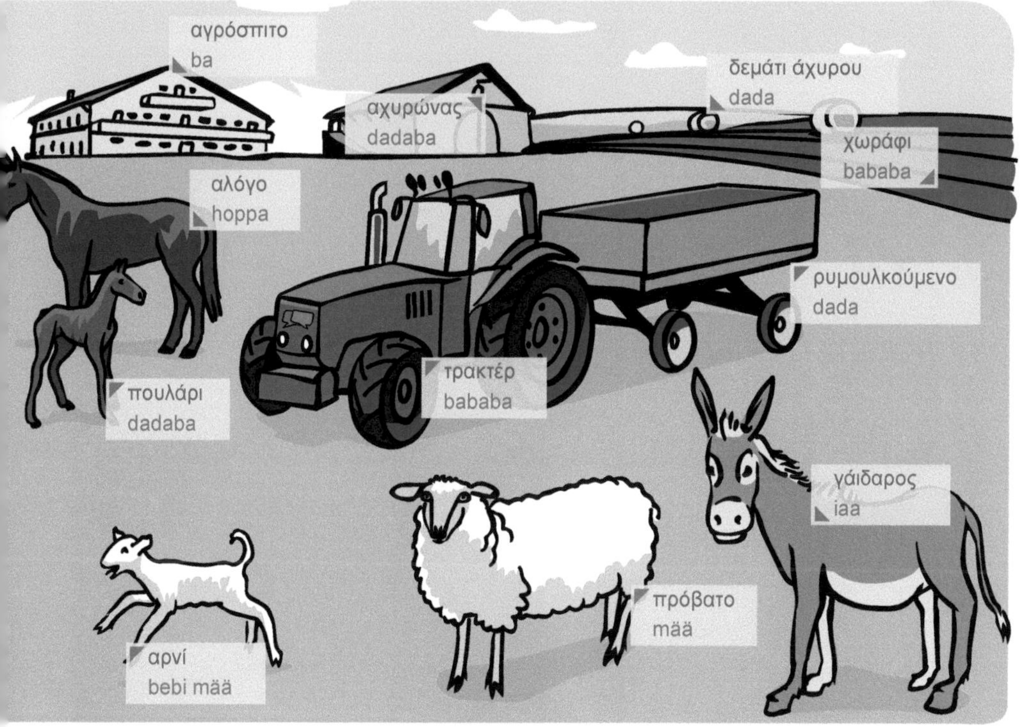
αγρόσπιτο
ba
αχυρώνας
dadaba
δεμάτι άχυρου
dada
χωράφι
bababa
αλόγο
hoppa
ρυμουλκούμενο
dada
πουλάρι
dadaba
τρακτέρ
bababa
γάιδαρος
iaa
πρόβατο
mää
αρνί
bebi mää

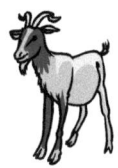

κατσίκα

baba

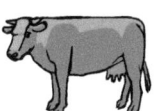

αγελάδα

muh

μοσχαράκι

mimuh

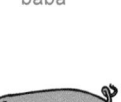

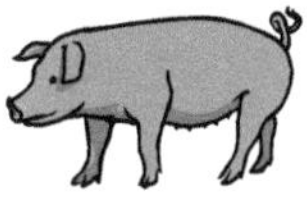

γουρούνι

mama oink

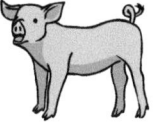

γουρουνάκι

oink

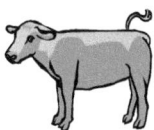

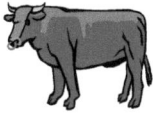

ταύρος

dadadada

χήνα

gackgack

πάπια

gackquack

κοτοπουλάκι

gacki

κότα

gackgack

κόκορας

gacko

αρουραίος

dada

γάτα

mau

ποντίκι

bababa

βόδι

muh

σκύλος

wauwau

σπιτάκι σκύλου

wauwau

λάστιχο κήπου

baba

ποτιστήρι

dadababa

θεριστήρι

baba

αλέτρι

dadababa

δρεπάνι
baba

τσάπα
dadadada

δίκρανο
dada

τσεκούρι
bababa

χειράμαξα
babababa

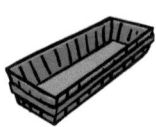

ταΐστρα
baba

δοχείο γάλακτος
dada muh

σάκος
dadababa

φράχτης
badada

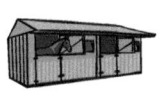

στάβλος
dadadada

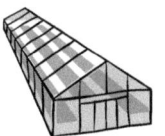

θερμοκήπιο
ba

έδαφος
babadada

σπόρος
baba

λίπασμα
baba

θεριζοαλωνιστική μηχανή
dadababa

θερίζω
bababa

συγκομιδή
dadadada

γιαμς
dadaba

σιτάρι
dadababa

σόγια
dadababa

πατάτα
bababa

καλαμπόκι
badada

κράμβη
bababa

οπωροφόρο δέντρο
bababa

μανιόκα
dadadada

δημητριακά
dadababa

αγρόκτημα - dadaba

σπίτι

dadaba

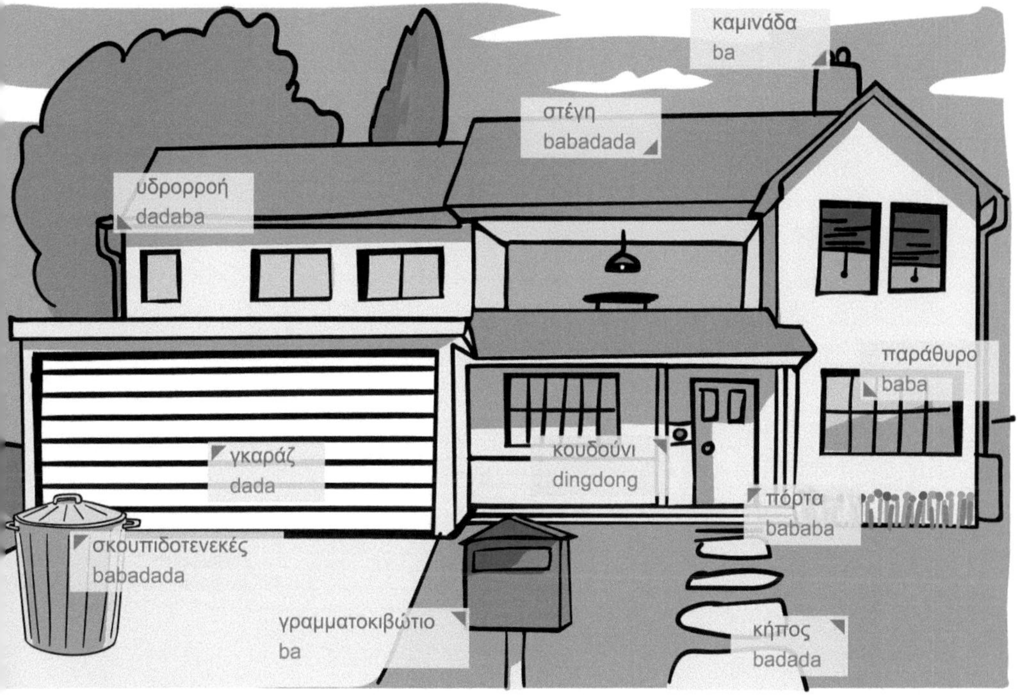

καμινάδα
ba
στέγη
babadada
υδρορροή
dadaba
παράθυρο
baba
γκαράζ
dada
κουδούνι
dingdong
πόρτα
bababa
σκουπιδοτενεκές
babadada
γραμματοκιβώτιο
ba
κήπος
badada

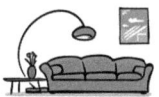

σαλόνι

dadadada

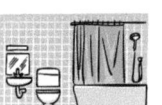

μπάνιο

bababa

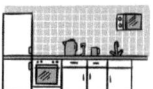

κουζίνα

bababa

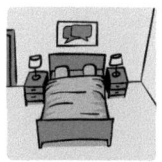

υπνοδωμάτιο

dadababa

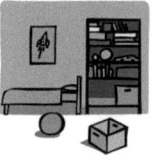

παιδικό δωμάτιο

meina

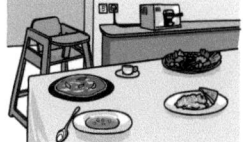

τραπεζαρία

dadaba

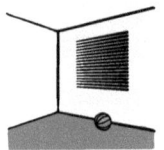

πάτωμα

badada

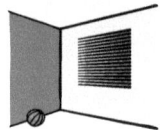

τοίχος

dadababa

οροφή

bababa

κελάρι

dada

σάουνα

dadababa

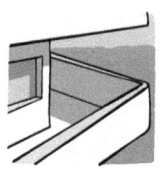

μπαλκόνι

babababa

βεράντα

dadadada

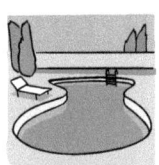

πισίνα

bababa

μηχανή του γκαζόν

baba

σεντόνι

dadaba

κάλυμμα κρεβατιού

babadada

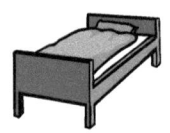

κρεβάτι

heia!

σκούπα

dada

κουβάς

dadaba

διακόπτης

dadababa

σαλόνι
dadadada

ταπετσαρία
dadadada
φωτογραφία
badada
λάμπα
badada
ράφι
dadadada
ντουλάπι
ba
τηλεόραση
dada gucki
τζάκι
dadababa
λουλούδι
mama!
μαξιλάρι
baba
καναπές
dada
βάζο
dadaba
τηλεκοντρόλ
baba

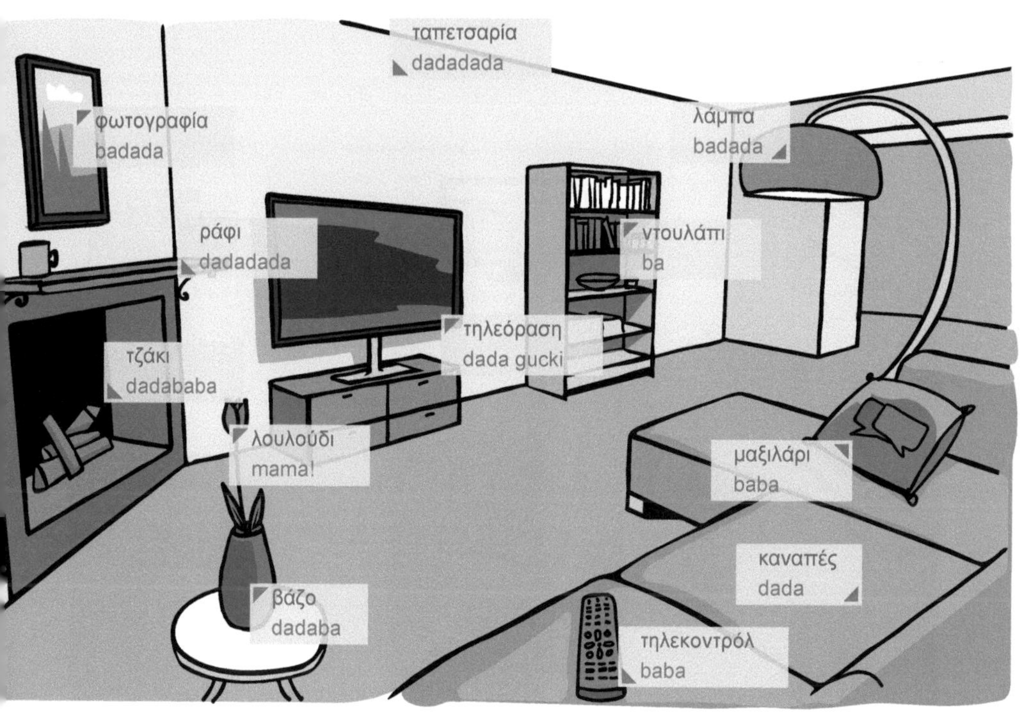

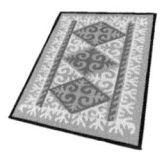

χαλί
dada

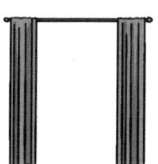

κουρτίνα
bababa

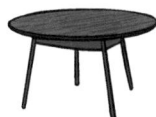

τραπέζι
ba

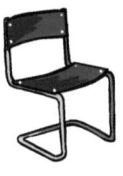

καρέκλα
dadaba

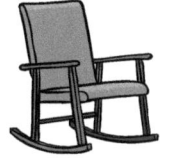

κουνιστή πολυθρόνα
dadadada

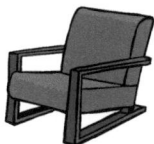

πολυθρόνα
bababa

βιβλίο
dadaba

κουβέρτα
dadadada

διακόσμηση
dadaba

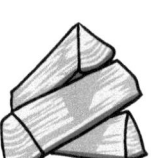

καυσόξυλα
ba

ταινία
dadadada

στερεοφωνικό σύστημα
lala

κλειδί
babadada

εφημερίδα
dadadada

πίνακας ζωγραφικής
dadadada

αφίσα
babababa

ραδιόφωνο
lala

σημειωματάριο
dadababa

ηλεκτρική σκούπα
babadada

κάκτος
aua!

κερί
babadada

κουζίνα
bababa

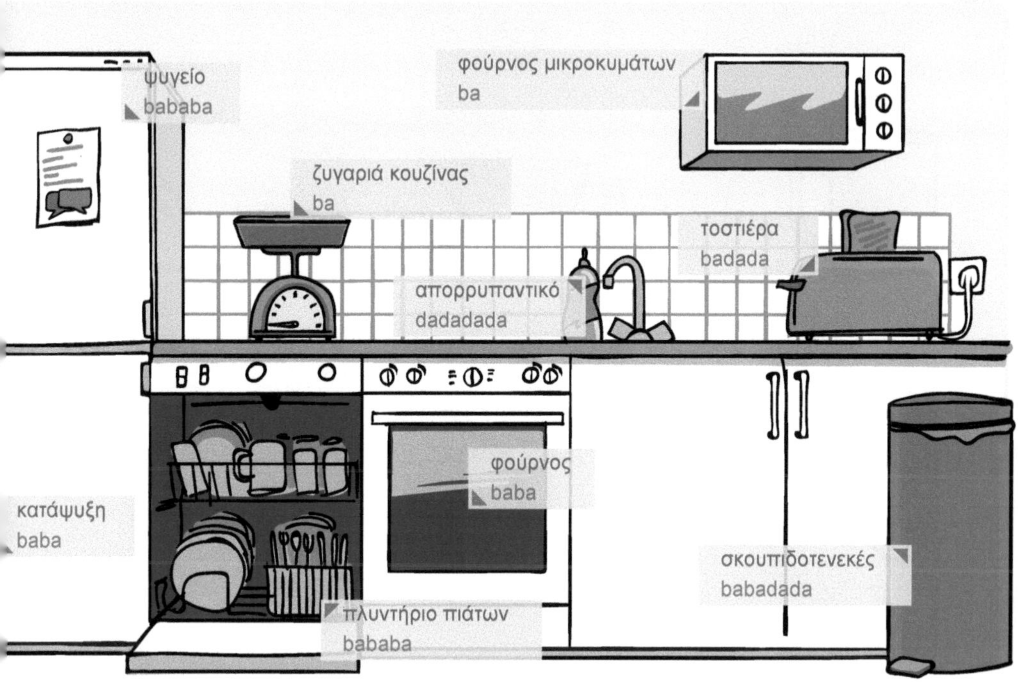
ψυγείο
bababa
φούρνος μικροκυμάτων
ba
ζυγαριά κουζίνας
ba
τοστιέρα
badada
απορρυπαντικό
dadadada
φούρνος
baba
κατάψυξη
baba
σκουπιδοτενεκές
babadada
πλυντήριο πιάτων
bababa

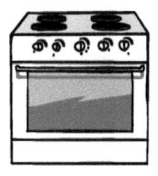

κουζίνα
dada

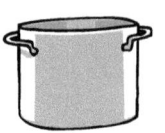

κατσαρόλα
dada

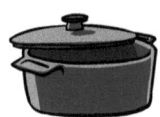

μαντεμένια κατσαρόλα
dada

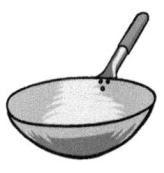

γουόκ/καντάι
baba / dada

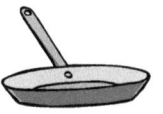

τηγάνι
badada

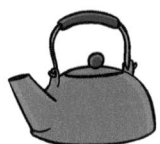

βραστήρας
ba

ατμομάγειρας

dadababa

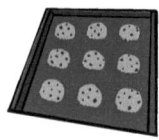

ταψί

bababa

πιατικά

dadaba

κούπα

dadadada

μπολ

dadaba

ξυλάκια

baba

κουτάλα

dadaba

σπάτουλα

dadadada

ανακατεύω

badada

σουρωτήρι

dada

σουρωτηράκι

bababa

τρίφτης

baba

γουδί

dadababa

ψησταριά

dada

ανοιχτή φωτιά

aua!

σανίδα κοπής
dadababa

πλάστης
bababab

ανοιχτήρι φελλών
dadababa

κονσέρβα
dadadada

ανοιχτήρι κονσέρβας
bababa

γάντι φούρνου
dadababa

νεροχύτης
dadadada

βούρτσα
dadababa

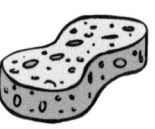

σφουγγάρι
ba

μπλέντερ
aua!

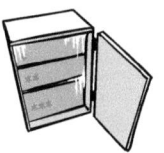

καταψύκτης
babadada

μπιμπερό
bababa

βρύση
dadadada

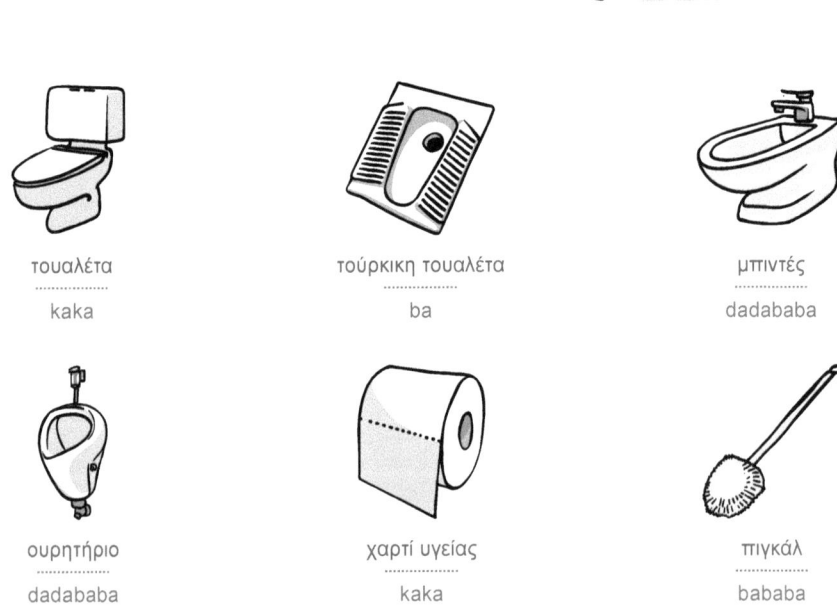

μπάνιο
bababa

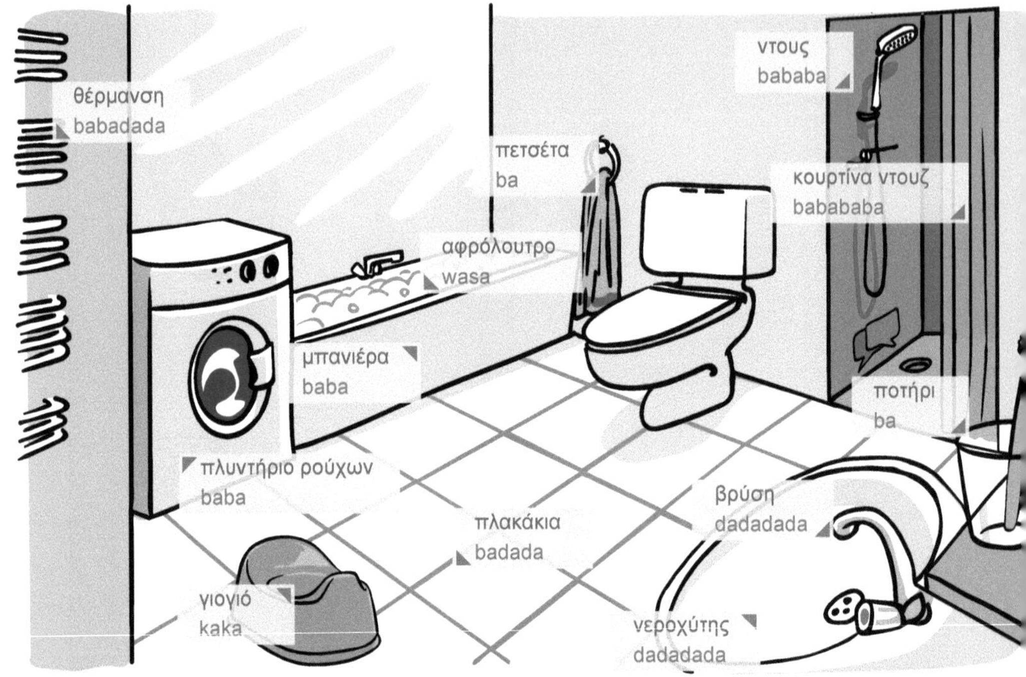

θέρμανση
babadada
ντους
bababa
πετσέτα
ba
κουρτίνα ντουζ
babababa
αφρόλουτρο
wasa
μπανιέρα
baba
ποτήρι
ba
πλυντήριο ρούχων
baba
βρύση
dadadada
πλακάκια
badada
γιογιό
kaka
νεροχύτης
dadadada

τουαλέτα

kaka

τούρκικη τουαλέτα

ba

μπιντές

dadababa

ουρητήριο

dadababa

χαρτί υγείας

kaka

πιγκάλ

bababa

οδοντόβουρτσα
bababa

οδοντόκρεμα
nom! nom!

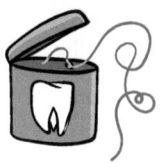

οδοντικό νήμα
dadadada

πλένω
bababa

τηλέφωνο ντους
babababa

ντουσιέρα
dadadada

λεκάνη
badada

βούρτσα πλάτης
dadadada

σαπούνι
nom! nom!

αφρόλουτρο
nom! nom!

σαμπουάν
nom! nom!

φανέλα
babadada

σιφόνι
dadaba

κρέμα
nom! nom!

αποσμητικό
bababába

μπάνιο - bababa

καθρέφτης
dadadada

καθρέφτης χειρός
dadadada

ξυραφάκι
ba

αφρός ξυρίσματος
nom! nom!

αφτερσέιβ
nam! nam!

χτένα
dadababa

βούρτσα
baba

σεσουάρ
dadadada

λακ
badada

μακιγιάζ
dadaba

κραγιόν
mama!

βερνίκι νυχιών
ba

βαμβάκι
babab

ψαλίδι νυχιών
dadadada

άρωμα
bababa

νεσεσέρ
dadadada

σκαμπό
bababa

ζυγαριά
dadadada

μπουρνούζι
ba

ελαστικά γάντια
babababa

ταμπόν
ba

πετσέτα υγιεινής
bababa

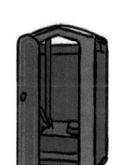

χημική τουαλέτα
baba

παιδικό δωμάτιο
meina

ξυπνητήρι
bababa
λούτρινο ζωάκι
bababa
αυτοκινητάκι
auto
κουδουνίστρα
dadadada
κουκλόσπιτο
bababa
δώρο
babababa

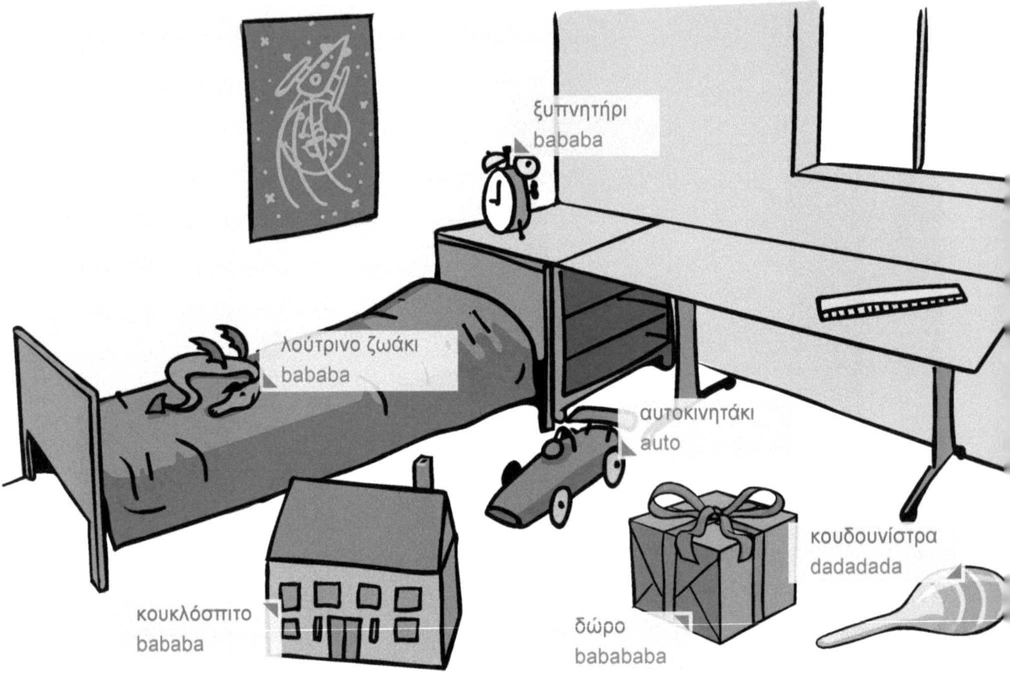

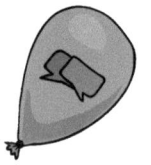

μπαλόνι

dadadada

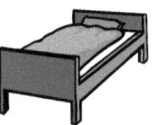

κρεβάτι

heia!

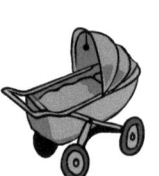

καροτσάκι

dadaba

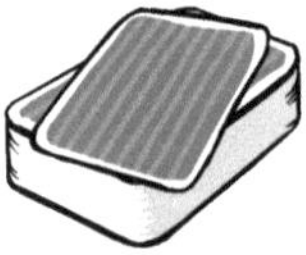

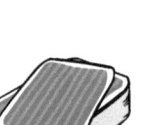

τράπουλα

dadababa

παζλ

bababa

SUPER
MEGA

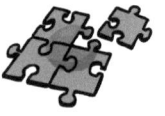

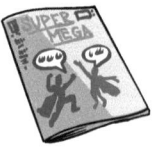

κόμικς

dadababa

τουβλάκια lego
badada

τουβλάκια κατασκευών
badada

φιγούρα δράσης
dada

βρεφικό φορμάκι
dadadada

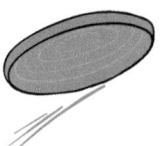

φρίσμπι
dadaba

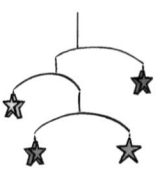

μόμπιλο
dadaba

επιτραπέζιο παιχνίδι
ba

ζάρια
baba

σετ τρενάκι
dadababa

πιπίλα
lula

πάρτι
baba

εικονογραφημένο βιβλίο
dadaba

μπάλα
dada

κούκλα
dada

παίζω
badada

σκάμμα με άμμο

dadaba

κούνια

bababab a

παιχνίδια

dadababa

κονσόλα βιντεοπαιχνιδιών

dadaba

τρίκυκλο

babadada

αρκουδάκι

dadababa

ντουλάπα

dadaba

ρούχα
baba

κάλτσες

dadadada

καλτσοδέτες

ba

καλσόν

dada

κασκόλ
bababa

ομπρέλα
bababa

μπλουζάκι
badada

ζώνη
dadababa

μπότες
baba

παντόφλες
baba

αθλητικά παπούτσια
ba

σανδάλια
··············
bababa

παπούτσια
··············
badada

γαλότσες
··············
dada

εσώρουχο
··············
ba

σουτιέν
··············
baba

φανέλα
··············
dadadada

ρούχα - baba

45

σώμα

badada

παντελόνι

ba

τζιν παντελόνι

bababa

φούστα

dada

μπλούζα

bababa

πουκάμισο

dadadada

πουλόβερ

baba

πουλόβερ

baba

σακάκι

babadada

μπουφάν

baba

παλτό

bababa

αδιάβροχο πανωφόρι

dadababa

κοστούμι

bababa

φόρεμα

ba

νυφικό

dadaba

κοστούμι
dadadada

νυχτικό
babababa

πιτζάμες
heia

σάρι
baba

μαντήλι
dadadada

τουρμπάνι
dada

μπούρκα
dada

καφτάνι
baba

μουσουλμανικό ένδυμα
dadadada

ολόσωμο μαγιό
wasa

ανδρικό μαγιό
bababa

σορτς
dadababa

αθλητική φόρμα
babababa

ποδιά
baba

γάντια
babababa

κουμπί
dadaba

γυαλιά
babadada

βραχιόλι
dada

περιδέραιο
dadababa

δαχτυλίδι
bababa

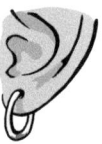

σκουλαρίκι
dadababa

καπέλο
dada

κρεμάστρα
babadada

καπέλο
dadababa

γραβάτα
bababa

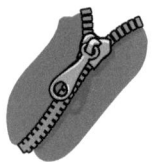

φερμουάρ
badada

κράνος
dadaba

τιράντες
dada

μαθητική στολή
babadada

στολή
babababa

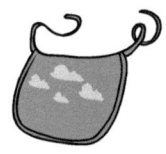

σαλιάρα

namnam

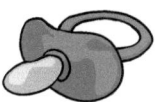

πιπίλα

lula

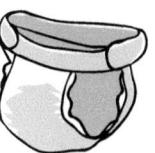

πάνα

kaka!

γραφείο
baba

σέρβερ
dadaba
αρχειοθήκη
dadababa
χαρτί
dadadada
εκτυπωτής
badada
οθόνη
dadadada
γραφείο
ba
ποντίκι
baba
ντοσιέ
dadaba
πληκτρολόγιο
dada
καλάθι αχρήστων
babadada
υπολογιστής
dada
καρέκλα
bababa

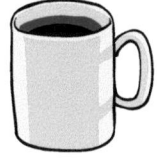

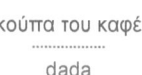

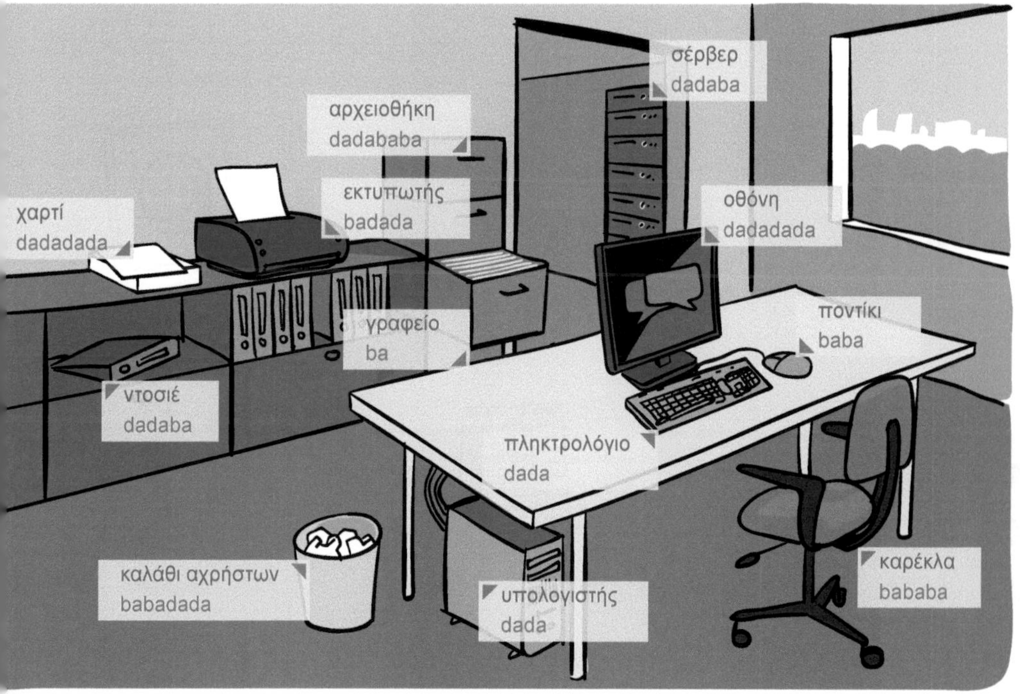

κούπα του καφέ

dada

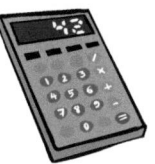

κομπιουτεράκι

bababa

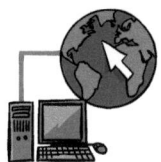

ίντερνετ

da da

λάπτοπ
papa!

γράμμα
dadababa

μήνυμα
ba

κινητό
fon

δίκτυο
bababa

φωτοτυπικό μηχάνημα
ba

λογισμικό
bababa

τηλέφωνο
dada bing

πρίζα
aua!

συσκευή φαξ
bababa

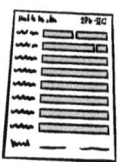

έντυπο
dadaba

έγγραφο
bababa

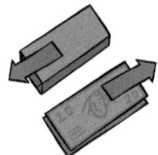

αγοράζω
baba

πληρώνω
dadadada

συναλλάσσομαι
dadaba

χρήματα
badada

δολάριο
babadada

ευρώ
dadaba

γιεν
bababa

ρούβλι
ba

ελβετικό φράγκο
dada

ρενμίνμπι γιουάν
dada

ρουπία
ba

ATM (αυτόματη ταμειακή μηχανή)
ba

ανταλλακτήρια
συναλλάγματος
dadadada

χρυσός
dadadada

ασήμι
baba

πετρέλαιο
dadadada

ενέργεια
ba

τιμή
dadadada

συμβόλαιο
baba

φόρος
bababa

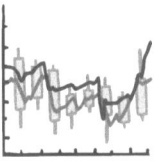

μετοχή
dadadada

δουλεύω
dadaba

υπάλληλος
dadadada

εργοδότης
dadababa

εργοστάσιο
dadaba

κατάστημα
ba

οικονομία - badada

επαγγέλματα
ba

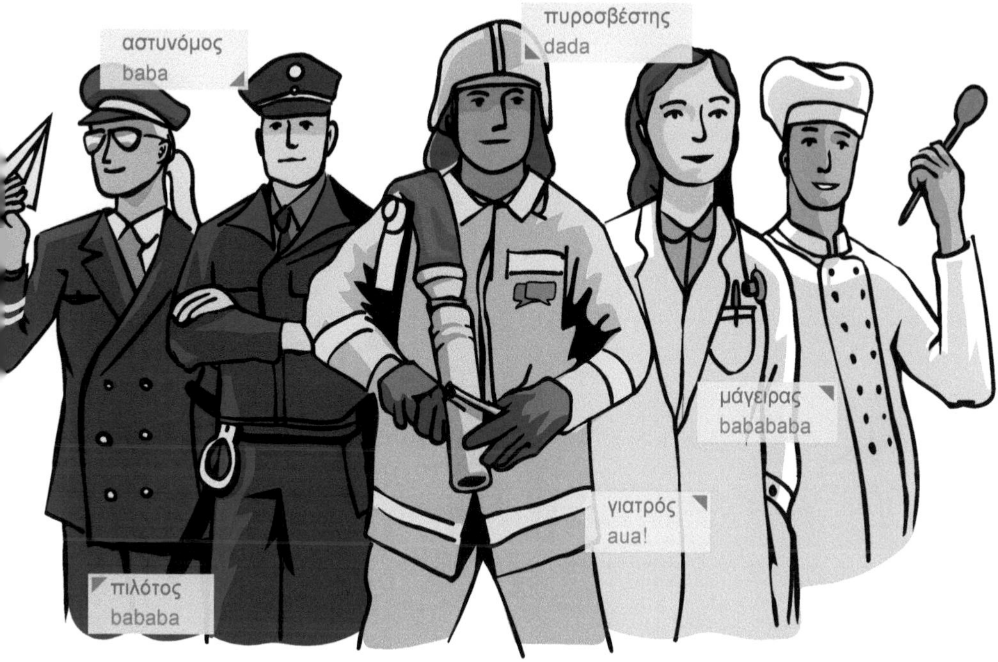
αστυνόμος
baba
πυροσβέστης
dada
μάγειρας
babababa
γιατρός
aua!
πιλότος
bababa

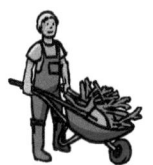

κηπουρός

bababa

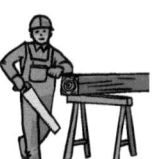

ξυλουργός

bababa

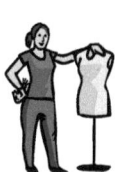

μοδίστρα

baba

δικαστής

bababa

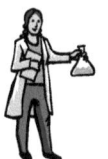

χημικός

dadaba

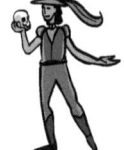

ηθοποιός

dadababa

οδηγός λεωφορείου
ba

ταξιτζής
auto mann

ψαράς
bababa

καθαρίστρια
dadadada

τεχνίτης στεγών
dadadada

σερβιτόρος
dadadada

κυνηγός
badada

ζωγράφος
dadadada

αρτοποιός
dadababa

ηλεκτρολόγος
papa!

οικοδόμος
babababa

μηχανολόγος
bababa

κρεοπώλης
dadababa

υδραυλικός
dadadada

ταχυδρόμος
bababa

στρατιώτης
dadadada

αρχιτέκτονας
ba

ταμίας
dadaba

ανθοπώλης
bababa

κομμωτής
babadada

ελεγκτής εισιτηρίων
bababa

μηχανικός
dadaba

καπετάνιος
dada

οδοντίατρος
badada

επιστήμονας
ba

ραβίνος
bababa

ιμάμης
dadaba

μοναχός
dada

ιερέας
dadadada

εργαλεία

dada

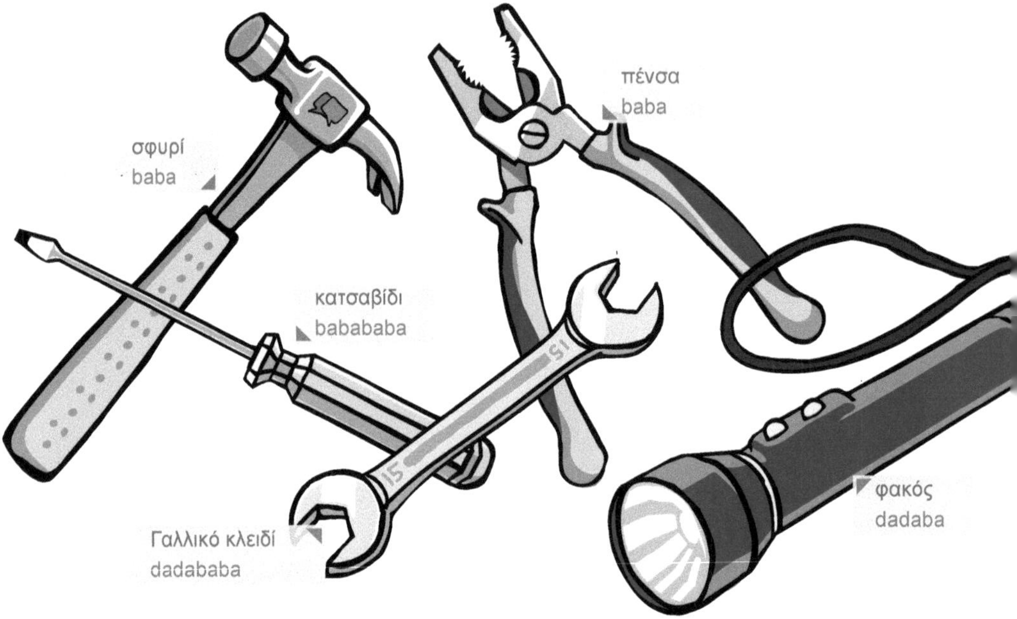

πένσα
baba
σφυρί
baba
κατσαβίδι
babababa
φακός
dadaba
Γαλλικό κλειδί
dadababa

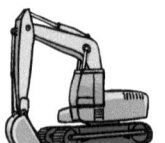

εκσκαφέας

dadaba

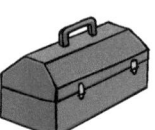

εργαλειοθήκη

baba

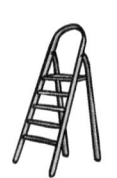

σκάλα

babababa

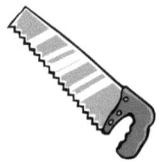

πριόνι

dadaba

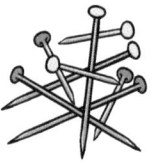

καρφιά

babadada

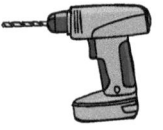

τρυπάνι

dada

επισκευάζω

dadababa

φτυάρι

dada

Να πάρει!

aua!

φαράσι

dada

δοχείο χρωμάτων

dadaba

βίδες

babababa

μουσικά όργανα
bababa

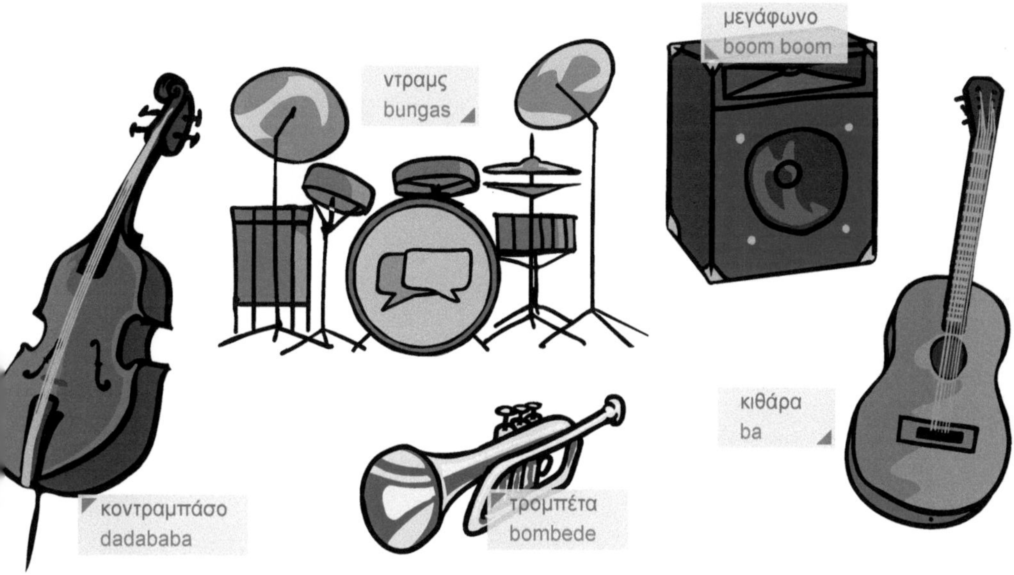

μεγάφωνο
boom boom

ντραμς
bungas

κοντραμπάσο
dadababa

τρομπέτα
bombede

κιθάρα
ba

πιάνο
bingbing

βιολί
bababa

μπάσο
ba

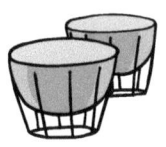

τύμπανα
badada

τύμπανο
bunga bunga

πλήκτρα
badada

σαξόφωνο
dadababa

φλάουτο
dadababa

μικρόφωνο
dadadada

ζωολογικός κήπος
bababa

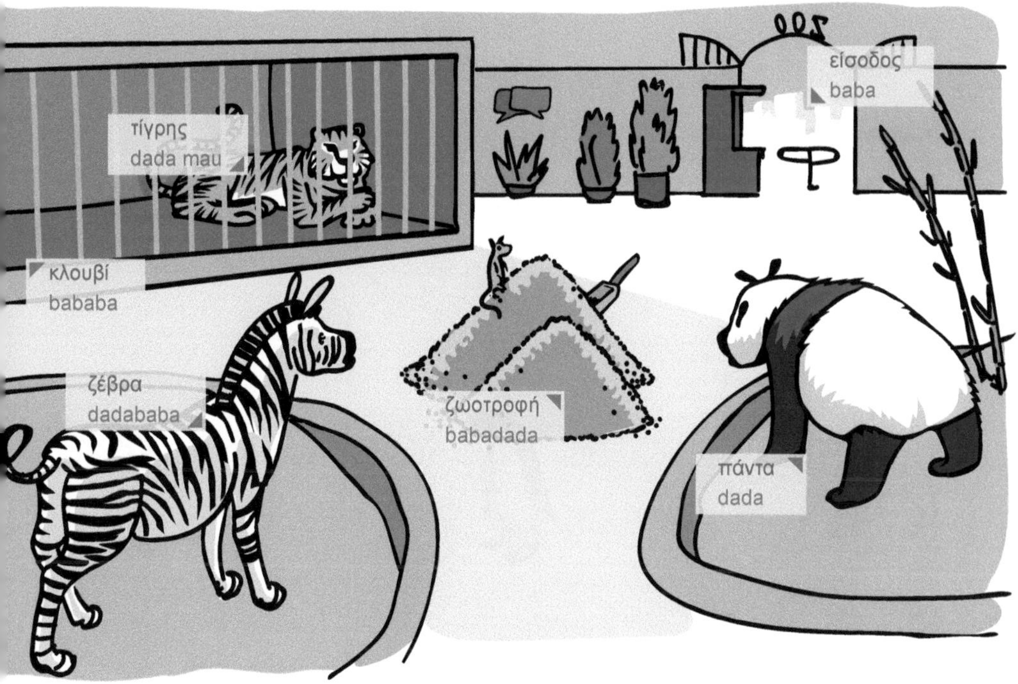

είσοδος
baba
τίγρης
dada mau
κλουβί
bababa
ζέβρα
dadababa
ζωοτροφή
babadada
πάντα
dada

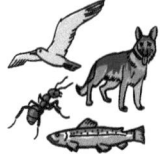

ζώα

dadadada

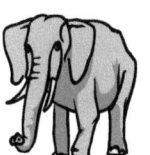

ελέφαντας

bababa

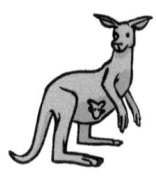

καγκουρό

dadaba

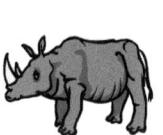

ρινόκερος

babadada

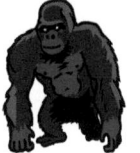

γορίλας

dada

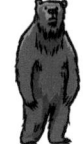

αρκούδα

babababa

καμήλα

dadaba

στρουθοκάμηλος

gackgack

λιοντάρι

babadada

πίθηκος

dadaba

φλαμίνγκο

gackgack

παπαγάλος

bababa

πολική αρκούδα

bababa

πιγκουίνος

dada

καρχαρίας

bababa

παγώνι

dadaba

φίδι

badada

κροκόδειλος

babababa

φύλακας ζωολογικού κήπου

dadadada

φώκια

dada

τζάγκουαρ

bababa

πόνυ
ei!

λεοπάρδαλη
dadadada

ιπποπόταμος
dada

καμηλοπάρδαλη
bababababa

αετός
bababa

αγριογούρουνο
babadada

ψάρι
nom nom!

χελώνα
dadadada

θαλάσσιος ίππος
anje

αλεπού
dadadada

γαζέλα
bababa

Αμερικάνικο ποδόσφαιρο
dadababa

ποδηλασία
dadaba

αντισφαίριση
bum bum

μπάσκετ
ball

κολύμβηση
badada

χόκεϋ επί πάγου
baba

πυγχαμία
aua!

ποδόσφαιρο
dadadada

μπάντμιντον
badada

στίβος
dadababa

χάντμπολ
ball

σκι
dadadada

πόλο
baba

δραστηριότητες
dadadada

γελάω
baba
πηδάω
dada
αγκαλιάζω
bababa
περπατάω
dada
τραγουδάω
dadababa
ονειρεύομαι
dadababa
προσεύχομαι
dadadada
φιλάω
mama!

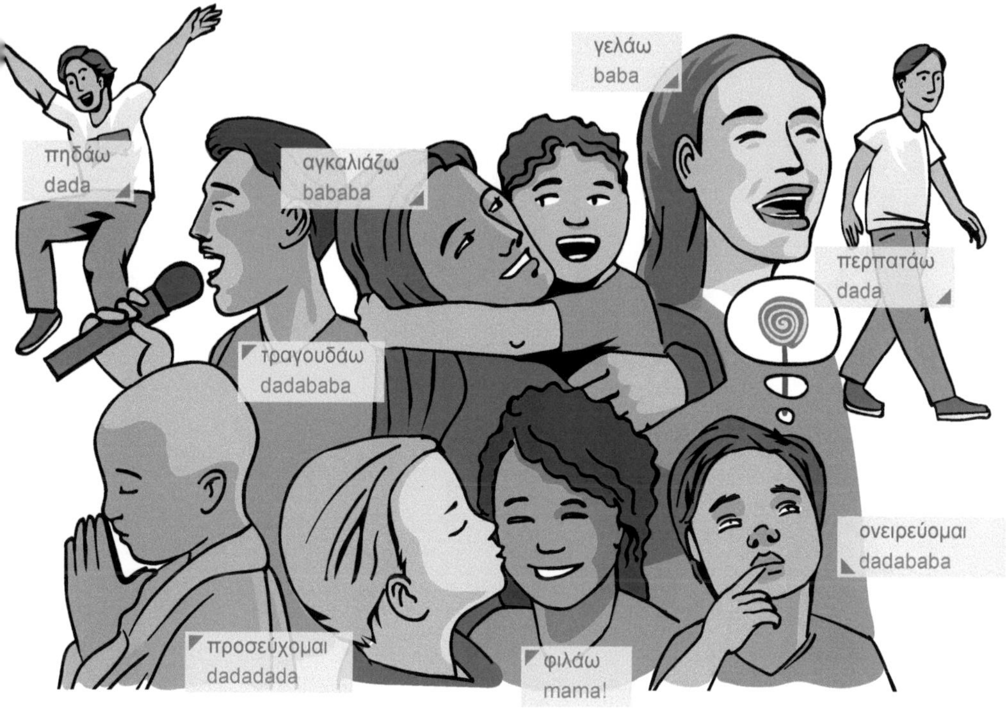

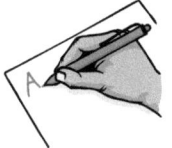

γράφω
dadaba

σχεδιάζω
dada

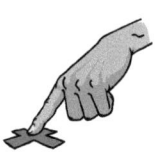

δείχνω
dadababa

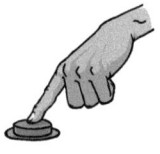

πιέζω
dada

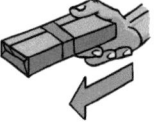

δίνω
badada

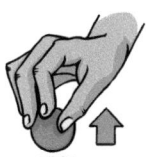

παίρνω
dadaba

έχω
dadaba

κάνω
dadadada

είμαι
babadada

στέκομαι
dadadada

τρέχω
baba

τραβάω
dadababa

ρίχνω
dadadada

πέφτω
dadaba

ξαπλώνω
badada

περιμένω
dadaba

κουβαλώ
bababa

κάθομαι
ba

φοράω
dadababa

κοιμάμαι
heia!

ξυπνάω
bababa

κοιτάω
bababa

κλαίω
baaaaaa

χαϊδεύω
dadadada

χτενίζω
bababa

μιλάω
bababa

καταλαβαίνω
baba

ρωτάω
badada

ακούω
dadababa

πίνω
bababa

τρώω
nomnom!

συγυρίζω
badada

αγαπάω
ba

μαγειρεύω
badada

οδηγώ
dadababa

πετάω
dadadada

κάνω ιστιοπλοΐα
dadababa

υπολογίζω
dadababa

διαβάζω
dadadada

μαθαίνω
dadababa

δουλεύω
dadaba

παντρεύομαι
baba

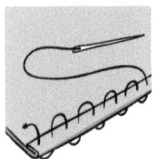

ράβω
dada

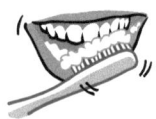

βουρτσίζω τα δόντια
aua!

σκοτώνω
aua!

καπνίζω
dadababa

στέλνω
babababa

οικογένεια
dadababa

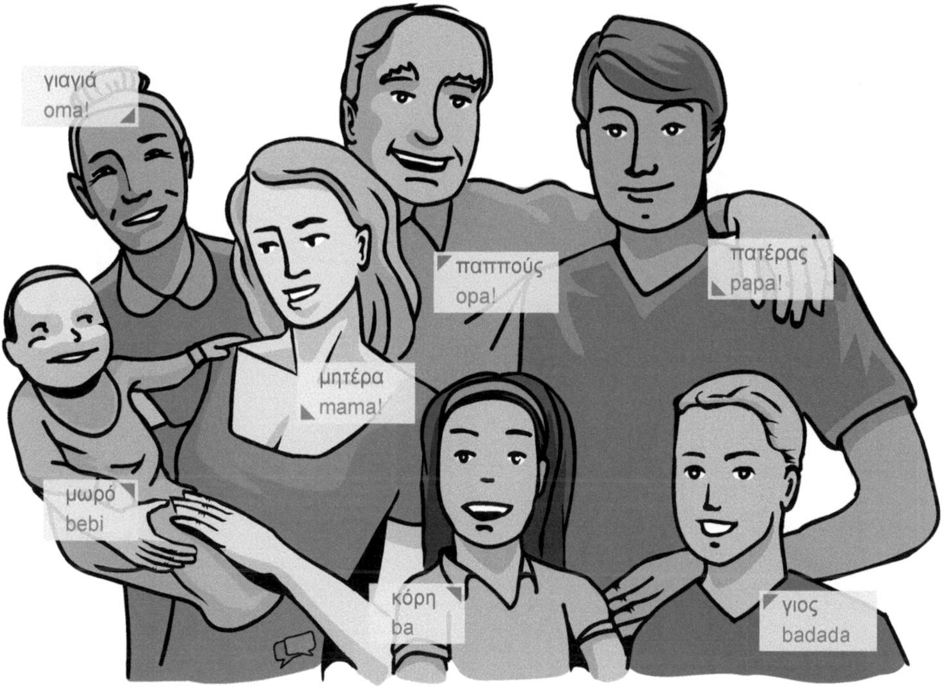
γιαγιά
oma!
παππούς
opa!
πατέρας
papa!
μητέρα
mama!
μωρό
bebi
κόρη
ba
γιος
badada

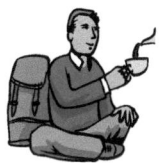

καλεσμένος

baba

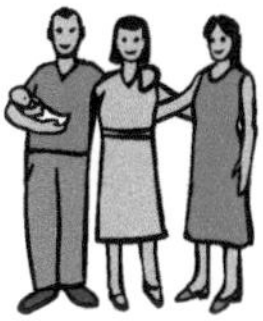

θεία

ba

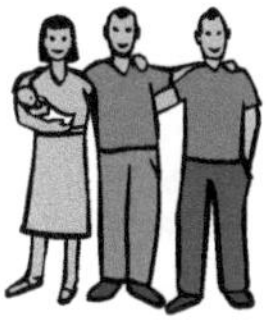

θείος

bababa

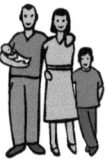

αδελφός

nein!

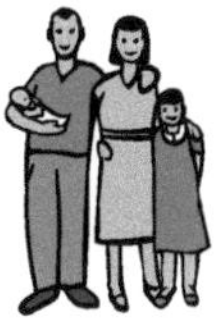

αδελφή

nein!

σώμα

dadababa

μέτωπο
bababa
μάτι
dada
ώμος
bababa
δάχτυλο
dada
πρόσωπο
dada
πιγούνι
dadababa
χέρι
baba
πόδι
dadaba
στήθος
da
βραχίονας
bababa

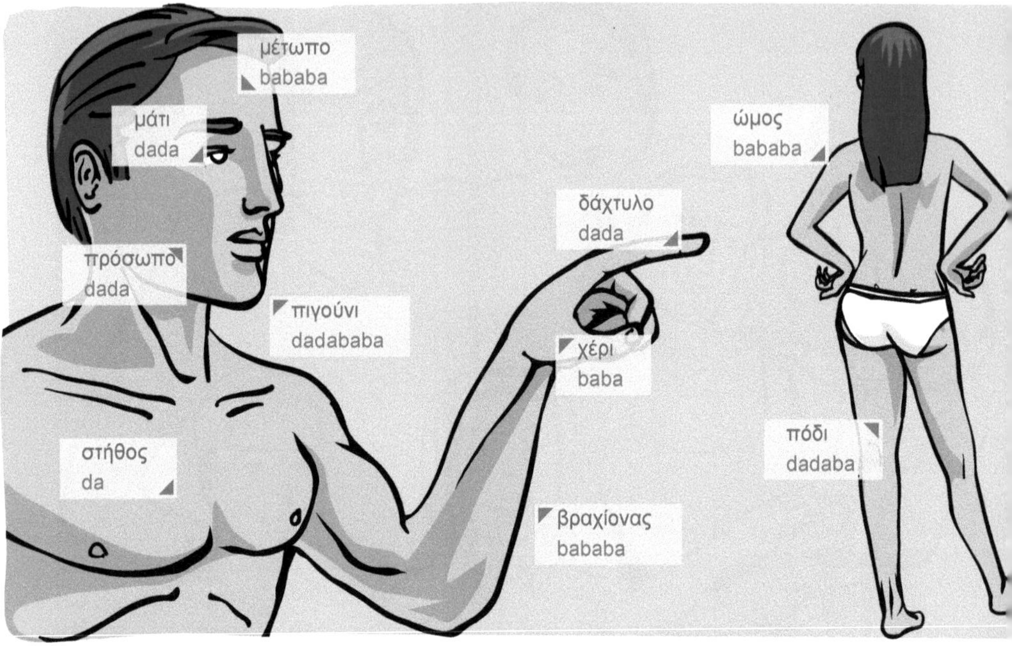

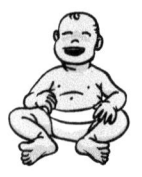

μωρό

bebi

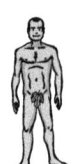

άνδρας

papa!

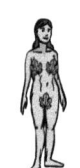

γυναίκα

mama

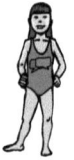

κορίτσι

baba

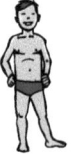

αγόρι

babadada

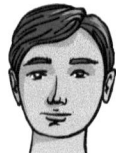

κεφάλι

bababa

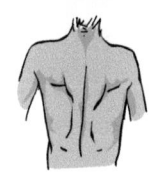

πλάτη

baba

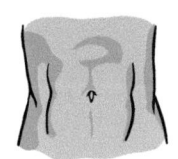

κοιλιά

dadababa

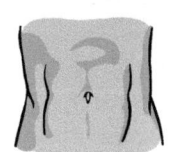

αφαλός

dada

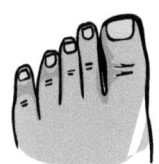

δάχτυλο ποδιού

dadababa

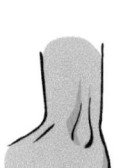

φτέρνα

ba

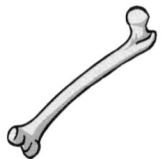

κόκκαλο

badada

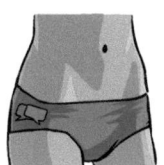

γοφός

bababa

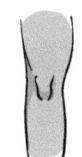

γόνατο

dada

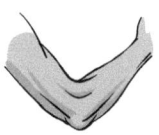

αγκώνας

dadadada

μύτη

bababa

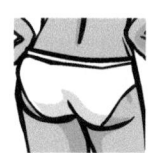

γλουτός

popo

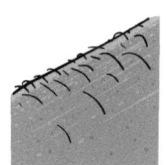

δέρμα

dadaba

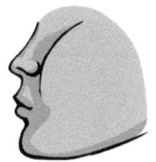

μάγουλο

badada

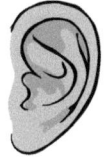

αυτί

dada

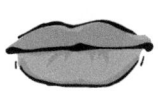

χείλος

babababa

στόμα
dadababa

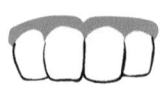

δόντι
dadadada

γλώσσα
baba

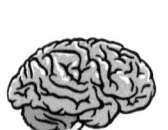

εγκέφαλος
dadadada

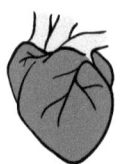

καρδιά
baba

μυς
dada

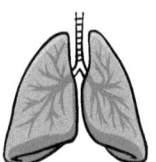

πνεύμονας
dada

συκώτι
dada

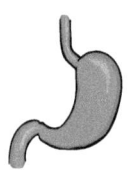

στομάχι
dadababa

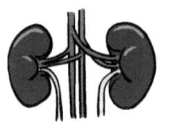

νεφρά
dadaba

σεξουαλική επαφή
babadada

προφυλακτικό
dada

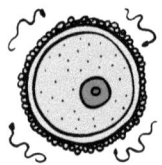

ωάριο
badada

σπέρμα
dadababa

εγκυμοσύνη
dadababa

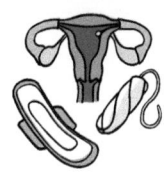

περίοδος
ba

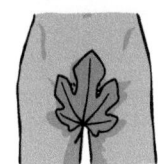

γυναικείος κόλπος
mumu

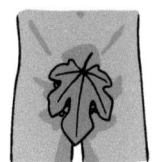

πέος
pipi

φρύδι
dada

μαλλιά
dadababa

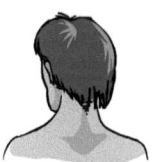

λαιμός
bababa

νοσοκομείο
aua!

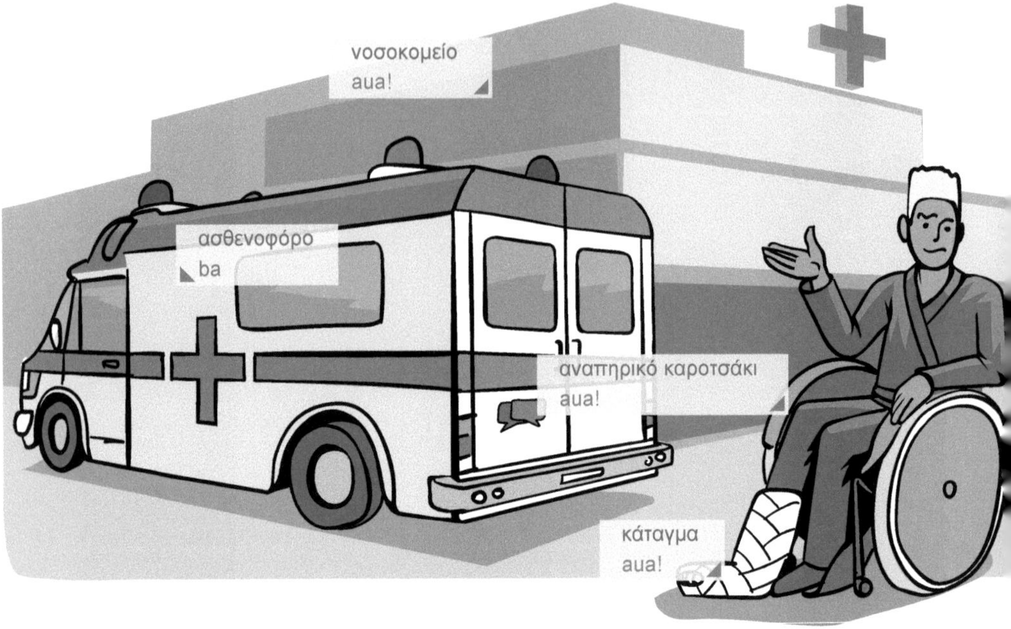

ασθενοφόρο
ba

αναπηρικό καροτσάκι
aua!

κάταγμα
aua!

γιατρός
aua!

μονάδα εντατικής θεραπείας

aua!

νοσοκόμα
aua!

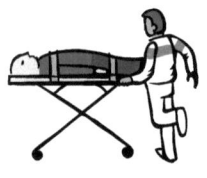

έκτακτη ανάγκη
aua!

λιπόθυμος
aua!

πόνος
dadababa

τραύμα
aua!

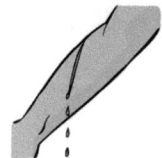

αιμορραγία
dadadada

έμφραγμα
aua!

εγκεφαλικό
aua!

αλλεργία
dadababa

βήχας
aua!

πυρετός
aua!

γρίπη
aua!

διάρροια
aua!

πονοκέφαλος
aua!

καρκίνος
aua!

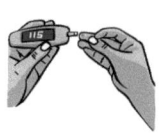

διαβήτης
aua!

χειρουργός
aua!

νυστέρι
aua!

εγχείρηση
aua!

αξονική τομογραφία
aua!

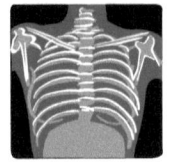

ακτινογραφία
aua!

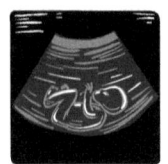

υπέρηχος
aua!

μάσκα
aua!

ασθένεια
aua!

αίθουσα αναμονής
aua!

πατερίτσα
aua!

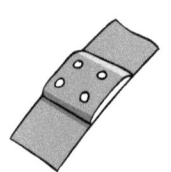

χάνσαπλαστ
aua!

επίδεσμος
dadababa

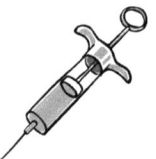

ένεση
aua!

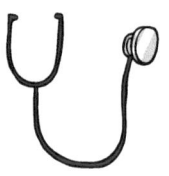

στηθοσκόπιο
aua!

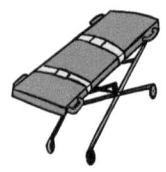

φορείο
aua!

θερμόμετρο
aua!

γέννηση
aua! bebi!

υπέρβαρο
aua!

ακουστικό βαρηκοΐας
aua!

αντισηπτικό
aua!

λοίμωξη
aua!

ιός
aua!

HIV/AIDS
aua!

φάρμακο
aua!

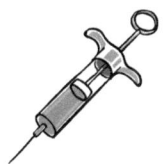

εμβολιασμός
aua!

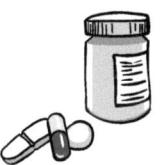

δισκία
aua!

χάπι
dadaba

κλήση έκτακτης ανάγκης
aua!

πιεσόμετρο αίματος
aua!

άρρωστος / υγιής
da / ba

Βοήθεια!
aua!

συναγερμός
aua!

βιαιοπραγία
aua!

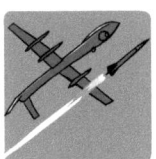
επίθεση
aua!

κίνδυνος
aua!

έξοδος κινδύνου
dadadada

Φωτιά!
dadaba

πυροσβεστήρας
dadaba

ατύχημα
aua! aua!

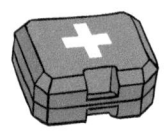
κουτί πρώτων βοηθειών
aua!

SOS
baba

αστυνομία
dadadada

Ευρώπη

badada

Βόρεια Αμερική

dadaba

Νότια Αμερική

dadababa

Αφρική

dadaba

Ασία

dadaba

Αυστραλία

babababa

Ατλαντικός Ωκεανός

badada

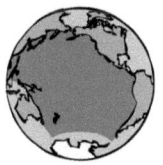

Ειρηνικός Ωκεανός

dadaba

Ινδικός Ωκεανός

baba

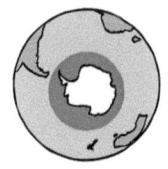

Ανταρκτικός Ωκεανός

bababa

Αρκτικός Ωκεανός

dadababa

Βόρειος Πόλος

bababa

Νότιος Πόλος
dadababa

Ανταρκτική
dadaba

Γη
dada

γη
dadaba

θάλασσα
badada

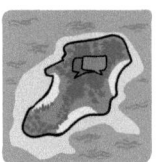

νησί
dadadada

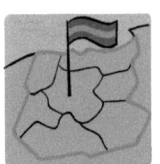

έθνος
dadadada

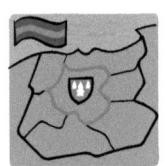

πολιτεία
dadababa

καντράν ρολογιού

baba

ωροδείκτης

babadada

λεπτοδείκτης

baba

δείκτης δευτερολέπτων

bababa

Τι ώρα είναι;

dadababa

ημέρα

babadada

χρόνος

dada

τώρα

baba

ψηφιακό ρολόι

dadababa

λεπτό

dadababa

ώρα

bababa

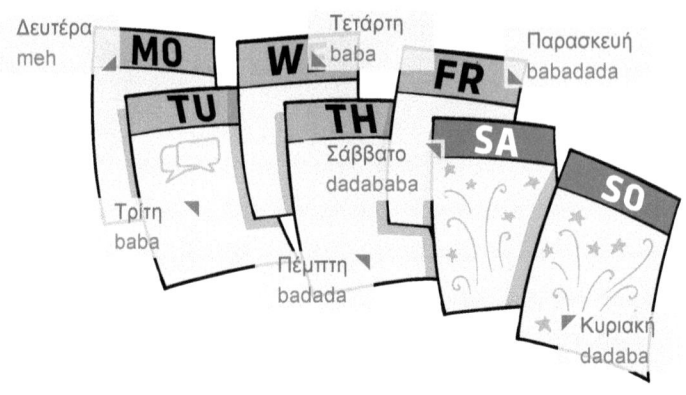

Δευτέρα
meh

Τετάρτη
baba

Παρασκευή
babadada

Τρίτη
baba

Σάββατο
dadababa

Πέμπτη
badada

Κυριακή
dadaba

χθες
....
dadadada

σήμερα
....
dadababa

αύριο
....
dadaba

πρωί
....
baba

μεσημέρι
....
baba

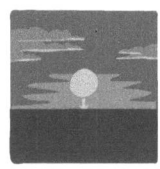

βράδυ
....
dadadada

εργάσιμες ημέρες
....
dada

Σαββατοκύριακο
....
baba

βροχή
dadababa

ουράνιο τόξο
dadaba

χιόνι
kalt

άνεμος
dadadada

άνοιξη
dadadada

φθινόπωρο
bababa

καλοκαίρι
badada

χειμώνας
kalt

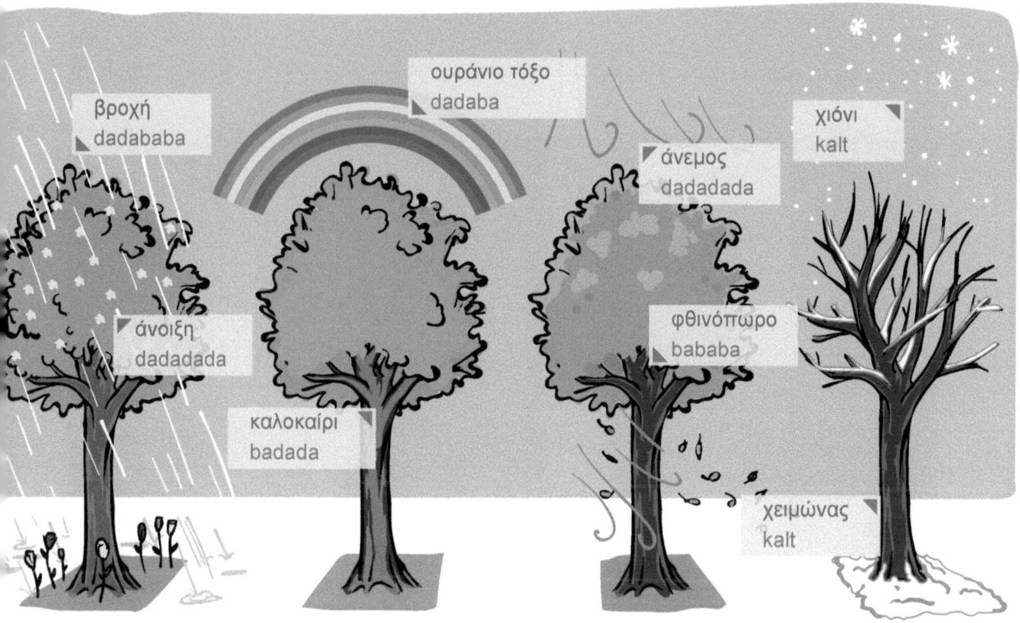

πρόγνωση καιρού
....
dadababa

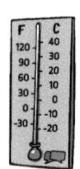

θερμόμετρο
....
bababa

λιακάδα
....
ba

σύννεφο
....
baba

ομίχλη
....
dadadada

υγρασία
....
dada

αστραπή

dadababa

κεραυνός

dada

καταιγίδα

badada

χαλάζι

dadababa

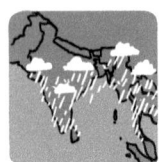

μουσώνας

bababa

πλημμύρα

dadaba

πάγος

dadadada

Ιανουάριος

dadaba

Φεβρουάριος

dadaba

Μάρτιος

bababa

Απρίλιος

dadadada

Μάιος

dadadada

Ιούνιος

babababa

Ιούλιος

baba

Αύγουστος

bababa

έτος - dadaba

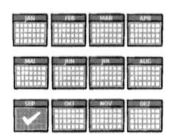

Σεπτέμβριος
dadadada

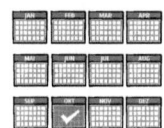

Οκτώβριος
badada

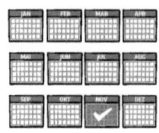

Νοέμβριος
dadababa

Δεκέμβριος
baba

σχήματα
dadababa

κύκλος
baba

τετράγωνο
badada

ορθογώνιο
παραλληλόγραμμο
dadababa

τρίγωνο
bababab a

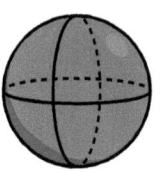

σφαίρα
dadadada

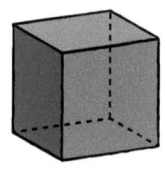

κύβος
bababab a

άσπρο
dadababa

κίτρινο
babababa

πορτοκαλί
baba

ροζ
dadadada

κόκκινο
babadada

μωβ
dadababa

μπλε
dadadada

πράσινο
ba

καφέ
baba

γκρι
bababa

μαύρο
badada

πολύ / λίγο
da / ba

θυμωμένος / ήρεμος
da / ba

όμορφος / άσχημος
da / ba

αρχή / τέλος
da / ba

μεγάλος / μικρός
da / ba

φωτεινός / σκοτεινός
da / ba

αδελφός / αδελφή
da / ba

καθαρός / λερωμένος
da / ba

πλήρης / ατελής
da / bada

ημέρα / νύχτα
da / ba

νεκρός / ζωντανός
da / ba

φαρδύς / στενός
da / ba

βρώσιμος / μη βρώσιμος
da / ba

κακός / ευγενικός
da / ba

ενθουσιασμένος /
βαριεστημένος
ba / ba

παχύς / λεπτός
da / ba

πρώτος / τελευταίος
ba / ba

φίλος / εχθρός
da / bada

γεμάτος / άδειος
da / ba

σκληρός / μαλακός
da / ba

βαρύς / ελαφρύς
da / ba

πείνα / δίψα
da / bada

άρρωστος / υγιής
da / ba

παράνομος / νόμιμος
da / ba

έξυπνος / χαζός
da / ba

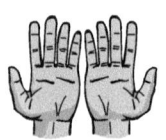

αριστερός / δεξιός
ba / ba

κοντινός / μακρινός
da / ba

αντίθετα - dadadada

καινούριος /
μεταχειρισμένος
da / bada

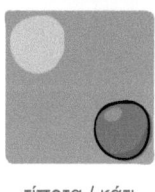

τίποτα / κάτι
da / ba

γέρος | νέος
ba / ba

αναμμένος / σβηστός
da / ba

ανοιχτός / κλειστός
da / ba

χαμηλόφωνος /
μεγαλόφωνος
da / ba

πλούσιος / φτωχός
ba / ba

σωστός / λανθασμένος
da / ba

τραχύς / λείος
da / ba

υπημένος / χαρούμενος
ba / ba

κοντός / μακρύς
da / ba

αργός / γρήγορος
da / ba

υγρός / στεγνός
da / bada

ζεστός / δροσερός
da / bada

πόλεμος / ειρήνη
da / ba

αντίθετα - dadadada

0

μηδέν
dada

1

ένα
a

2

δύο
ba

3

τρία
da ba da

4

τέσσερα
badabada

5

πέντε
dadababa

6

έξι
dadaba

7

εφτά
badada

8

οκτώ
dadababa

9

εννιά
dadaba

10

δέκα
dadadada

11

έντεκα
badada

12

δώδεκα
baba

13

δεκατρία
bababa

14

δεκατέσσερα
baba

15

δεκαπέντε
babadada

16

δεκαέξι
dadababa

17

δεκαεφτά
babababa

18

δεκαοκτώ
dadababa

19

δεκαεννέα
bababa

20

είκοσι
dadababa

100

εκατό
baba

1.000

χίλια
baba

1.000.000

εκατομμύριο
dadababa

αριθμοί - dadaba

Αγγλικά

baba

Αμερικάνικα Αγγλικά

babadada

Μανδαρίνικα Κινέζικα

dadababa

Χίντι

ba

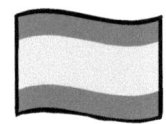

Ισπανικά

badada

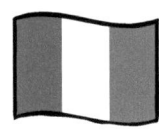

Γαλλικά

ohlala

Αραβικά

babadada

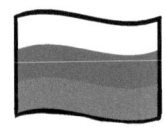

Ρώσικα

dadaba

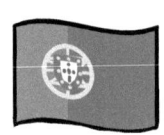

Πορτογαλικά

dada

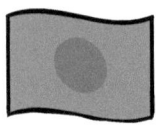

Μπενγκάλι

dadadada

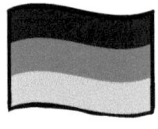

Γερμανικά

badada

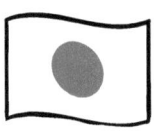

Ιαπωνικά

dadadada

εγώ

a

εσύ

dadadada

♂ ♀ ○

αυτός / αυτή / αυτό

da / da / da

εμείς

o ba ma

εσείς

babababa

αυτοί / αυτές / αυτά

baba

ποιος / ποια / ποιο;

dadadada

τι;

dadadada

πώς;

baba

πού;

babababa

πότε;

babadada

όνομα

dadaba

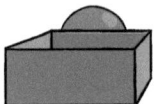

πίσω
baba

μέσα
dadaba

μπροστά
baba

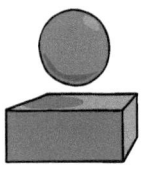

πάνω από
ba

πάνω
baba

κάτω
dadababa

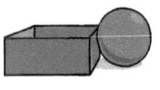

δίπλα
babababa

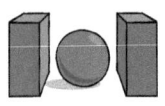

ανάμεσα
ba

μέρος
dada